世事件簿

「case.冠位決議(上)」
Grand Role

Kadokawa
Fantastic
Novels

Lord El-Melloi
II
Case Files

插畫／坂本みねぢ

艾梅洛閣下II世事件簿

8

「case.冠位決議(Grand Role)（上）」

三田誠

插畫／坂本みねぢ

Kadokawa Fantastic Novels

盧弗雷烏斯・挪薩雷・尤利菲斯…降靈科君主
麥格達納・特蘭貝利奧・艾略特…全體基礎科君主
奧嘉瑪麗・艾斯米雷特・艾寧姆斯菲亞…鐘塔 天體科君主之女
依諾萊・巴爾耶雷塔・亞特洛霍爾姆…創造科君主

Characters
Lord El-Melloi II Case Files
格蕾……艾梅洛閣下II世的寄宿弟子
艾梅洛閣下II世……鐘塔 現代魔術科君主
卡爾格・伊斯雷德……祕骸解剖局職員
阿希拉・密斯特拉斯……祕骸解剖局職員

黑皮膚的少女帶著一絲羞澀點點頭。
掠過迴路的光線雖然微弱，卻很美麗。
即使看不見天空，他也目睹了
足以讓他抬頭挺胸的光輝。
——那是十多年前的往事。
對於少年而言，那毫無疑問是他的黃金歲月。

——節錄自第一章

艾梅洛閣下II世事件簿

8

「case.冠位決議（上）」

Grand Role

目錄 Contents

✦ 夢一夜 ✦

「夢一夜」

少年睜開雙眼，動作僵硬地轉動視線。

此處是一條狹窄的暗巷。

一陣臭酸味傳進鼻腔，是廚餘腐敗後的臭味。生鏽的大腦停止運轉，身體甚至無法穩穩站起，好幾次扶著牆想起身，又難看地一屁股跌坐在地上，就連衰弱不堪的下水道老鼠應該都還比這副樣子能看。

「……哈啊……哈啊……」

甚至連呼吸都不聽使喚。

全身所有細胞都極端地耗盡了精氣（Od）。少年像溺水之人在掙扎般，將意識集中體內，驅動魔術迴路，如同無論再怎麼轉動，一次也只滴出幾滴自來水的水龍頭。即使如此，少年仍拚命收集魔力，試圖發動「強化」術式強行活動身體。

他覺得自己用上了十分漫長的時間。

就算在沉浸於自身的期間枯竭死去也不足為奇。儘管如此，他還是專心一志地持續運轉魔力，這是他唯一辦得到的事。

不知道經過了幾十分鐘，還是幾小時。

少年忽然抬頭。

當感覺一點一滴恢復，冷冷的水滴落在他的額頭。

那是倫敦綿密無比的雨滴。水滴如絲線般細微，路上甚至看不到撐傘的行人，讓他產生了一股痛切的情緒。

無法命名，卻帶有強烈指向的情緒。

情緒一開始投向雨滴，隨即又投向少年頭頂。

「為什麼……有天空……」

啊，這樣啊。

他總算接受了狀況。

自己來到了「外面」。從一直生活的那座迷宮——不，那個世界浮起，升上遙遠的地上。

比起喜悅和感動，心中的恐懼更加強烈。

然而，少年渾身脫力。

應該是在逃脫的最後一步把一切消耗殆盡了吧。不用說精氣，挖掘裝備也全都用光了。

啊啊，腹部一帶那溼滑溫暖的觸感應該是正在溢出的鮮血。雖然不清楚失血量有多少，但放著傷勢不管必定會導致死亡。

即使如此也非得行動。

就算只是挪動一根手指，也非得遠離此處。

否則就得不到回報，得不到拯救。哪怕伏地爬行也好，自己非得行動不可。

正當少年做好覺悟之際。

「你想躲起來是嗎？」

「────！」

向他攀談的聲音令他渾身寒毛倒豎。

一道人影悄悄地佇立在巷弄的暗處。

季節是冬天嗎？少年忽然心想。

那名年輕男子穿著硬挺的墨綠色外套與宛如海洋般碧藍的西裝，讓人想到大理石的白皙肌膚，與一頭燃燒般的紅髮形成的對比充滿特色。

不過，在迷宮中一路應付許多怪物的自己，竟然在那麼近的距離下也無法感受到此人的一絲氣息。

在渾身寒毛倒豎的同時，少年的身體條件反射地拔出腰際的黑柄小刀。那把積累了月光的儀式用刀上施加了實戰用的「強化」魔術。哪怕對上鋼鐵，他也有自信像切開融化的奶油般輕鬆刺穿。

少年灌注好不容易累積起的少許魔力及體力，整個人同小刀一起衝過去。

對方緩緩地俯望那把小刀。

「嗯。很遺憾，那個殺不了我。」

「…………！」

小刀停在了外套表層。

少年知道那多半是種防禦魔術。不過，他無法解讀魔術的起因是什麼。是凝固空氣？還是對向量自體進行了干涉？無論如何，對方明顯是實力遠勝自己的魔術師。

「別看我這個樣子，也是現代魔術科（諾里奇）的學部長。」

對方的話讓他戰慄。

在他的知識中，他知道那是地上的鐘塔十二門主要學科裡唯一沒有君主（Lord）的學科。由於歷史與傳統尚淺，每一個君主輩出的名門都不願意掌管這個學科。

若是這樣，這個對手就不是無論怎麼賣弄小招數也只不過是新世代（New Age）的自己所能夠對付的。

不。

不只小刀，少年的身軀已經完全無法動彈。

他立刻試圖驅動魔術迴路，卻無法如願。每條神經好像都被仔細地分割開來了。

紅髮男子悠然俯望僵住不動的少年。

「你是生還者（Survivor）吧，而且走的不是正規路線，對嗎？」

為什麼?面對連這麼一句話都無法回答的少年,男子輕露苦笑。

「這算不上推理,你的服裝在現代太突兀了。」

男子的話讓他慌亂不堪。

因為唯獨這一點超出了少年的設想範圍。雖然他知道那個世界與地上是截然不同的地方,卻沒想到連服裝也存在致命的差異。

「再補充一點,我感應到與迷宮(Albion)連結的魔力有波動。因為裂縫(Portal)的出現十分獨特。」

對方抬起包在外套衣袖中的手臂。

少年甚至不知道對方會用什麼樣的魔術,但發動之後,自己的意識就會輕易地被清除掉吧。

費盡千辛萬苦才來到地上的他與同伴們的心願,以及一切都會被清除掉。

都會消失。

都會終結。

都會喪失意義。

不行。這是唯一無法忍受的。光是去想像,就遠比死亡更恐怖得多。哪怕這雙眼睛被挖掉,或遭大卸八塊也無所謂。可是,唯有什麼也沒達成就在此處終結這件事——

「嗚……啊……」

少年用麻痺的身軀勉強顫動嘴唇。

大概是自稱學部長的男子為了逼他招供，放鬆了局部的咒縛吧。即使如此，少年的魔術迴路依舊未能正常發揮功能，連一句咒語（Spell）也說不出口。反抗的方法被預先堵死了。

唯有熾熱的衝動竄過喉頭。

「————————————！」

他不顧一切地吶喊。

他不記得喊出的內容。那陣全心全意的叫喊就是如此衝動且突然。是自己這個做不出任何像樣結果的蠢蛋，愚蠢地發出的一堆可悲又粗糙的言語。

可是。

終結的瞬間始終沒有來訪。

少年抬起目光，發現身體不知不覺間能夠活動了。

「你不打算……抓我嗎？」

「我是想過要這麼做。」

男子不知為何面露了困惑之色。那個表情彷彿在說——他也搞不懂自己的作為。

他注視著自己的手，不久後這麼問：

「你……為什麼……」

話頭到此處中斷。

紅髮男子轉身調頭。

「跟我來。」

不知道為什麼，少年無意反抗。

當然，對方只要有意，應該能以武力逼他服從，但這次是他自己主動跟上了男子。

＊

在一起步行的途中，少年好幾次環顧街上。

好一個美麗的城區。

地面上整齊地鋪滿彷彿浸潤過月光的石板，紅磚砌成的樓房各個都充分展現了自己的個性，同時形成一片整體的風景。雖然有些元素互相矛盾，但那應該也是城市歷史獨特的樣貌吧。

招牌上的地址標示著蘇活（SOHO）。

倫敦蘇活區。他記得這個名稱來自於從前狩獵時的吆喝聲。不過，一直以來只當成知識來接觸城市和實際上親自走過城市，差異原來這麼大。

同時，得知他們的世界的「頂罩」如此耀眼輝煌，讓少年感覺到了某種悲傷。

「……來自泰晤士河的風很大吧。」

男子所說的詞彙應該是指那條作為倫敦主動脈的河川。

實際上，吹過街道上的風很強勁。

雪花也紛紛飄落。於電燈光芒中螢白浮現的碎片，讓少年想到在迷宮的四季中偶爾會碰到的花粉流。他在風雪中與許多行人擦肩而過，好幾個人一瞬間拋來了訝異的目光，又彷彿在說這種事在這個街區很稀鬆平常一般，帶著酒（愛爾啤酒）味哼著歌離去。

他們大多數都既非魔術師也非與其相關之人，這對少年來說很不可思議。

「感覺很新奇嗎？」

「不……對啊，沒錯。」

少年先是否認又半途放棄，不情願地點了點頭。

「雖然看過影片……因為在地下沒有……這麼明白易懂的夜晚。雖然會操作光線量以提升睡眠及作業效率……但僅止於此。」

「你潛入地下的時間似乎很長。」

「不是的。」

這次少年乾脆地搖了搖頭。

「我並非潛入了地下，而是在那邊出生。」

「哦。」

男子的聲音首次摻進了輕微的驚訝。

「我曾和數名生還者交談過，但第一次遇見生於迷宮之人。原來如此，所以剛才才會那樣反應？」

男子喃喃說著，沒有回過頭。

於此同時，他穿著外套的背影絲毫找不到破綻。憑少年衰弱至極的身體，應該不可能逃脫。即使對於跟隨男子繼續走下去感到憂慮，但他也沒有別的選擇。

兩人在夜晚的燈光之間徘徊，男子在一間方形磚造樓房邊停下腳步。

「這裡是……集合住宅（Flat）？」

「是啊，因為現代魔術科遠比其他學科更缺錢。我們沒有了不起的靠山，沒辦法準備宅邸。」

男子說著，打開了大門。

坦白說，少年的意識只維持到那裡為止。在登上嘎吱作響的螺旋樓梯途中，少年不像樣地暈倒了。

*

隔天早晨。

柔和的晨光讓少年坐起身。

「太陽……」

他忍不住呢喃。何等壯麗的音調。在地下任何地方都找不到的光輝。

身上蓋著乾淨的毛毯。少年輕輕拉開毛毯摺好，打開通往隔壁房間的門扉。

那是一間整齊的客廳，紅髮男子坐在橢圓形的餐桌旁。

「睡起來還舒服嗎？」

「啊……是的。」

其實他完全失去了意識，不過這多半代表床鋪的品質就是那麼優良吧。

在男子前方，電視上的主播正在報導近來的案件。地下的一部分地區也設置了有線電視，不過只瞥一眼看不出是不是同一個頻道。

男子纖細的手掏出懷錶，接著輕按放在桌上的法式濾壓壺。隨著壓桿緩緩下壓，房間裡逐漸充斥芬芳的香氣。

「端出酒說不定更符合魔術師的風格，但我不喝酒……咖啡剛好沖好了，你也喝一杯如何？」

男子遞來的咖啡杯散發出先前那股芳香。

少年小心翼翼地接過杯子，喝下一口。帶苦味的液體覆蓋舌頭，隨即轉變成清爽的香氣，從喉頭刺激鼻腔。儘管不曾過上懂得分辨滋味的生活，唯有剛才端來的飲料應該是品質極佳的高級貨這件事，就連少年也能曉得。

那股滋味彷彿解開了某種凝固許久的事物。

少年猛然咬緊牙關。

還不能放下緊張感。地上這個地方對於自己來說，遠比迷宮更加危險。他必須將此一再銘記在心，隨時保持冷靜。

他嚥下口中殘留的咖啡，將杯子放回桌上，用力擦拭嘴唇後發問：

「為什麼親切地對待我？既然知道我用了非正規方法離開迷宮，抓住我不是鐘塔魔術師的工作嗎？」

「別問了。」

相對的，男子舉起手。

「我也尚未將那個理由化為言語，而化為言語的結果未必不會對你不利。既然這樣，我們彼此都別去提起比較好吧？」

這番說法很奇特，但是當男子這麼回應，他也無法再追問。的確沒錯，若因此回到原本的關係而被抓，那可不只是自找麻煩而已。

望著猛然陷入沉默的少年，男子往下說：

「不過，硬要說的話，我覺得大約有三成的理由是源自——若換成恩師，他應該會這麼做。」

「恩師？」

「對。我的恩師是人稱鐘塔長腿叔叔的諾里奇卿。只要發現看起來將來有望的人，他總會因為覺得有趣而提供援助。不過，這裡的將來有望指的並非才能，純粹是指對於恩師來說有趣與否罷了。」

男子倒好自己的咖啡，緩緩拿起杯子。

他注視著漫開漣漪的漆黑液體表面，瞇起眼眸。少年第一次察覺那雙黑眸中摻雜了淺紫色。

「沒錯，我也不過是同樣地做了以前有人對我做過的事……總之，這根本不是什麼善意，應該說是純粹出於好奇心的一時衝動吧。」

一時衝動。

儘管這句話算不上認真的回答，少年卻不知怎地接受了。

所以，他吸了一口氣，拋出話題。

「能請你看看這些嗎？」

少年從懷中掏出小小的布袋。

他從那個袋子裡小心地擺到桌上的物品，看起來有些像小孩子玩具箱裡的東西。其中有狀似寶石的結晶體、有仍然沾著泥土的髒兮兮植物，還有一些手掌心大的小化石。

「我可以碰嗎？」

少年微微點頭，男子緩緩逐一打量那些物品。

「這邊的魔力結晶大約是D級嗎？雖然已經枯萎了，但這是精靈根。依照根毛的狀態來看，種植區域的屬性比起地更偏向火吧。每一樣都是地上無法取得的東西。這個是幻想種固著的碎片……凱比的鬃毛與幻蝶的鱗粉。哦，這是奇美拉幼崽的牙嗎？看樣子在正式開始狩獵前，就遭到其他幻想種獵殺了。因為這樣，牙齒表面的磨損也不多，真不錯。」

他幾乎只瞥了一眼便逐一鑑定出桌上的物品。

那就連在地上應該很罕見的咒體都能仔細辨別出狀態的眼力，令少年心中感到驚愕。單憑這樣的眼力，應該足以在魔術師的世界活下去。

男子仔細地看過少年擺出的物品後點了個頭。

「真有一套。無論作為神祕的純度也好，數量也好，都是無可挑剔。無論拿去哪裡出售，售價應該都足以興建三棟宅邸吧。」

「那你不能買下嗎？」

少年停頓了片刻後直率地問。

那正是少年的目的。

男子沉默半晌。他將手指放在太陽穴上，撥弄髮根處的紅髮。

「……迷宮咒體的收購是由祕骸解剖局掌管的。」

他開口。

「當然，收購價格應該和地上大不相同吧。因為解剖局是藉由價差來牟利。正因為如此，才接連不斷有人企圖盜挖，但成功者幾乎是零，畢竟迷宮的入口寥寥可數。如果能直接交易在迷宮發掘的物品，無論賣方或買方應該都會得到龐大的利益吧。」

「那麼，你買下——」

少年吞了口口水。

「可是，我要回絕這筆交易。」

「為什麼！」

少年的語氣不由得激動起來。

相對的，男子又再喝了一口咖啡，以始終保持著平靜的眼神告訴他：

「昨晚我也說過類似的話。現代魔術科在資金層面與權力層面遠比其他學科遜色。就算突然取得這樣的咒體，我們也沒有足以活用的設備，脫售時若被盯上也沒有應對之道。我並非要譴責違法行為，而是認為這個違法行為需要冒的風險高得不划算。」

「…………」

不划算。

少年迅速地將桌上的咒體收進袋子裡，低頭道謝。

「謝謝你，我不會忘記你的幫助。」

他的臉頰燙得彷彿在燒。自己連對方在交易中會碰上的利弊都未能認真考慮進去，他感到很羞愧。沉穩的聲音叫住了少年正要快步離開的背影。

「等一下……這個你帶著吧。」

男子用鋼筆在拿出的紙簿上流暢地寫字。

那是一張支票。最令少年吃驚的是，上頭寫著與他預想中的差不多的金額。

「這個……你不是說你不能買下咒體嗎？」

「是的，購買咒體需要冒的風險高得不划算。不過，那是指在當下這個時機的情況。如果與你繼續交流，自然會有出路。剛剛我也說過吧，在迷宮的盜挖沒有人成功過。然而，雖然不知道究竟是用了什麼方法，你的確帶出了在迷宮發掘的物品。既然如此，不也能期待你往後的表現嗎？」

男子不可思議的神情宛如難纏政治家與真摯科學家的混合體。

少年來回注視著桌上的支票與男子，沉默了一會兒。

接著，他毅然發問：

「既然這樣，你不在這裡動手抓住我嗎？用審問或其他手段調查我是怎麼離開迷宮的，這才是魔術師的作風吧？」

少年明明害怕那種情況發生，卻忍不住問了出口。

因為若不問個清楚，他便覺得自己不能收下本來那麼渴望的支票上的那筆錢。

紅髮男子看似為難地嘆了口氣。

「諾里奇的壞毛病看來也傳染給我了。對，總之就是只要一覺得有意思，就忍不住要看看對方未來發展的癖好。雖說家族代代相傳都是如此，但我以前本來覺得恩師的那個癖好很可笑的。」
在飄蕩的咖啡熱氣中，男子苦笑，然後繼續道：
「我說過這是預先投資吧？那張支票有個條件。沒錯，若是你重返這裡——」
少年一輩子都忘不了他接下來的話。
那句話改變了他的人生。
那句臺詞將兩人的人生串連了起來。

「——你就作我的弟子吧。」

一陣沉默籠罩空氣。
少年的手微微發抖。
為了避免咖啡灑出來，他用雙手端起咖啡杯喝了一大口，等待複雜的苦味與咖啡因讓意識清醒過來。少年按捺住從胸中湧上的某種事物，試圖盡可能冷靜地研究這個提議，又立刻放棄了那種小技倆。
他不知道適合這種情況的禮儀是什麼。
所以，他深深地低下頭，至少表現出自己的誠意。
「可以請教您的名字嗎，老師？」

那畢恭畢敬的口吻也是無意識間的決定。

相對的——

「我是哈特雷斯博士。要稱呼我博士或哈特雷斯，隨你高興。」

男子像這樣報上名字。

＊

「…………！」

她在此時醒來。

她似乎作了一個漫長的夢。不，那種說法並不正確，殘留在肉體上的感覺和生前作夢時大概並無不同。不過，在生前本應不可能會看到他人的夢境就是。

她從床上起身。

手伸向附近的床頭櫃，拿起打開的酒瓶往酒杯裡倒紅酒。

這瓶酒昨晚她已喝過一杯。酒的滋味原本格外生硬，在擱置一夜，接觸過空氣後，似乎恰到好處地軟化了。柔和的果香與單寧互相結合，宛如她在遙遠國度看過的舞孃，在舌頭上留下甜美哀傷的印象，緩緩消失在黑暗中。

她記得這似乎是西班牙產的紅酒，但現界時得到的現代知識並未包含關於酒類的詳細知識。難得有機會，這點小知識明明可以附送的吧。

不只酒瓶，房間的牆壁與柱子上也縈繞著葡萄成熟後的芳香。

看來這個藏身處好像是用地下酒窖改建的。現代葡萄酒的味道似乎變得相當複雜，從殘留的香味也能窺見那絕妙的滋味。

對於她而言，她很樂意看到這類進化。

（我的神祇的恩典，在這個時代依然存在。）

她這麼認為。

神祇的名諱為戴歐尼修斯。

戴歐尼修斯信仰。那是昔日在希臘及其周邊地區——如馬其頓，為人民所愛的酒與豐饒之神。其名諱代表年輕的宙斯，具有屬於祕教的一面，同時是一直以來在各式各樣的土地上受到狂熱深愛的神明。

她曾效命的國王之母（奧林匹亞絲）也是狂熱信徒之一。

憑藉戴歐尼修斯的神格的魔力，她被打造出來，鍛鍊為神話時代的魔術師，效力於偉大的王者伊肯達。那是生前之事，是對她而言可稱作青春歲月時的故事。

沒想到她竟會得到什麼叫使役者的容器，丟人現眼地重返現世。

「……啊，如果能保持死亡狀態就好了。」

她忍不住說出真心話。

那樣一來，就不必暴露這等醜態；不必得知昔日的戰友掀起繼業者（Διάδοχοι）戰爭，盡顯老邁與醜惡嘴臉相爭這樣的歷史；不必嘆息自己和兄長未能輔佐國王到最後，先行亡故的無能。

說歸這麼說，她不恨召喚她的魔術師，只是得知自己昔日的宣誓結果一事無成，感覺十分空虛。

「…………」

她轉動視線，投向房間深處。

那一角擁擠地擺滿老舊的木桶與蒸餾器。

彷彿在訴說她的自言自語根本沒人聽見一般，紅髮男子佇立在那裡。無論是那身讓人想到大海的碧藍西裝，或是那張難以掌握年齡的面容，都跟方才的夢境沒有不同。

「主人。」

這樣稱呼對方，讓她有種不可思議的心情。

從前，她奉為主人的人物只有三個。只有她的兄長、應當效命的王者——與打造出她的奧林匹亞絲。

現在，她並非像從前一樣誓言效忠於他。她和主人之間只有透過魔術建立的契約，以及重視彼此利益的交易。這是為了方便起見的立場，臨時的關係。

哈特雷斯博士。

鐘塔現代魔術科的前任學部長。

她朝那副背影舉起酒瓶攀談。

「主人，你不喝一杯嗎？」

他沒有回頭，直接回答：

「我先前也說過，我不喝酒。」

「哦，不是體質不允許你喝酒，而是不喝？明明我都推薦了這麼好的葡萄酒，這種說法還真奇怪。」

唉，也沒必要特地讓能喝到的美酒分量減少。她自顧自地倒酒，心隨著微醺搖曳。我的神祇的祝福在此。

她閉上雙眼，充分品嚐在鼻腔擴散的葡萄香，然後望向哈特雷斯。

直到現在，她仍不清楚這位主人的存在方式。她認為那是這個時代的魔術師特有的古怪性情，不過她也漸漸覺得——這個人會不會單純是不擅長與旁人接觸？

（那個消瘦的魔術師，跟尤米尼斯很相似啊。）

她回憶起在魔眼蒐集列車（Rail Zeppelin）上對峙過的一位君主——艾梅洛II世。那個叼著雪茄，陰沉地皺著眉的平庸魔術師。即使他本人看來並不歡迎，跟旁人之間卻似乎有許多交流。他應該也受到學生們仰慕吧。

只是，那個人的確很教人惱怒。

不僅召喚她的國王當使役者，還自以為是地宣稱自己是其部下的三流魔術師。擅自與舉世最輝煌的王者之夢想同行的愚者。

「……好苦。」

「哎呀，我想那瓶酒應該沒有木塞味才是。」

「不，只是我的心情反映在酒味上而已。看樣子即使變成使役者，這部分好像也沒有改變。」

她轉動酒杯。

掛在房間角落的蠟燭火光與葡萄酒近似天鵝絨的色澤重疊，彷彿逐漸融化了。雖然遠比生前喝過的酒更加洗練，不過酒就是酒。從每一滴酒裡都可以窺見釀酒人的驕傲。

她不禁回憶起與身經百戰的戰士及國王一起暢談的往昔時光。

她嘆了口氣，深切地說：

「使役者不會作夢。」

「……好像是這樣。」

「因為夢是在世者的特權。我們無論走到哪裡，都只是昔日英雄的殘渣，只是正在播放的臨時紀錄帶。」

她說出理所當然之事。

英靈這個稱呼聽起來好聽，但那代表著他們並未生活於現代的時間之中。

「然而，我方才產生了奇特的幻覺。那是你的記憶吧？」

「…………」

主人沒有回答。

她想過，他一定不會回答。

因此她不在意地別開了目光。她純粹是想說出來罷了。只是，以主人的記憶來說，夢中的視角有些讓她難以釋懷之處，但對於只不過是一時的訪客的自己來說，也沒什麼好掛心的。夢境並非準確地重現記憶，也會發生那種情況吧。她的感想停留在這一步。

何況，她甚至不屬於正式聖杯戰爭的職階。

她屬於由哈特雷斯所創造，稱作偽裝者的特殊職階。出現了錯誤也該看成理所當然。不過。

只有一句話傳了過來。

「哪一方才是生還者呢？」

身為英靈的她，耳朵沒有錯過那悄聲的呢喃，卻無法理解話中含意。

哈特雷斯再度投入自己的作業。

其面前的牆上描繪著地圖。

一幅看來以斜角描繪著倫敦的羊皮紙地圖。

在那既非古典也非現代風格的構圖——都市地底，有一頭幾乎要吞食整個星球的巨龍正要潛入更深之處。

第一章

1

「艾梅洛閣下II世在艾梅洛教室執教的課程將暫停一個月。此段期間，在倫敦及斯拉的現代魔術科課程改由二級講師夏爾單老先生代課。」

這張附帶老師署名的通知單，昨天張貼在公布欄上了。

當然，這份公告讓學生們大受震撼，據說連同平常占了教室七成的旁聽生在內，學生們在公告剛發表後就湧進教授辦公室，但老師已經隱藏行蹤離開了斯拉及倫敦的鐘塔總部，當然也沒有告訴留下的講師們他身在何處以及請假的原因，因此大家只能無可奈何地上起延誤了幾小時的課程。

今天抗議的聲浪也並未減退。雖然課程本身還在進行，學生之間卻爆發了種種議論，結果他們好像在各處組成了搜尋老師的搜索團。由老師例行外出進行田野調查等活動時，也不至於引發那麼大的騷動來看，他們說不定是在無意中感受到了這次的公告有些不同。

舉例來說，像是這樣。

鐘塔倫敦總部的教學大樓之一。

當夏爾單老先生在大教室的課堂下課後，學生們一陣騷然地衝出教室，立刻展開這樣的對話。

「人不在德魯伊街。我派使魔監視了一天，沒發現類似相關人士的人物出入。」

「老師的隱身魔術精密度不高，看來他的確不在家。如果是梅爾文先生將他藏起來，那就沒辦法了……啊～抱歉，這邊的自動筆記也沒有收穫。對了，我看史賓應該能查得到吧？」

「史賓與費拉特從兩天前就沒來上課了。」

「他們居然趁機搶先！」

「那麼小寄宿弟子呢？」

「不行。雖然有人看到她，但只要試圖追上去，她好像就會迅速藏身。那女孩的『強化』非同小可。如果要認真地追蹤她，除了身體強化，起碼還得準備豹的附身靈或陷阱用的盧恩魔術。我正在準備附身靈用的觸媒，但還需要三天時間。」

「嘖……她遠比老師更強……！事已至此，我要把倉庫的咒體統統翻出來……」

雖然會話內容聽起來活像哪個沉迷於超自然主義的偵探團或是情報組織，然而，實際上艾梅洛教室的學生們如果全體出馬，很可能在瞬間就找到十幾二十名失蹤者。倒不如說，他們很有可能像弗蘭肯斯坦博士那樣「創造出」新的失蹤人物。

學生們吵吵嚷嚷地經過校舍走廊。

等他們的氣息完全消失後，我悄悄地從躲藏的柱子後走出來。由於一直屏住呼吸，肺部變得有些難受，我忍著疼痛正要緩緩地、緩緩地吸氣——

「小格蕾。」

「…………！」

我嚇得肩頭顫動。

我暫停呼吸回過頭，發現一頭粉紅色，綁雙馬尾的少女俯望著我。

「是我啦。」

「伊薇特小姐。」

伊薇特．L．雷曼。

自稱中立主義派間諜。用最近很流行的魔眼少女當作口號，毫不顧忌地宣言目標是當老師的情婦的眼罩少女。

「來，快點快點。」

伊薇特小聲地朝我招手。

看到我盡量收斂腳步聲跟了上去，伊薇特高興地瞇起眼眸。

「哎呀～不過老師也真有一套！儘管是透過小寄宿弟子傳達，但他居然只特別聯絡小伊薇特一個人！」

「老師說……因為他騙不過伊薇特的眼睛與史賓的鼻子。」

「在這種情況下，我希望他說原因是『覺得妳很可靠』就是了～！比方說什麼『我忘不了妳那性感的身材，一起來一場一夜的冒險吧』之類的！快用行動和身體展現你真正的心情嘛，老師！」

充滿妄想的眼眸水光盈盈，少女帶頭前行。

我們直接轉過走廊轉角，在仔細檢查過其他學生不在場後，她舉起一只厚實的信封。

「來，就是這個吧，妳提到的文件。」

「謝謝！」

信封裡放著滿滿一疊文件。

老師說無論如何都需要調查的結果，委託我代為領取。文件上一行行大量的文字似乎是鐘塔的人事相關資料，但詳細內容我看不懂。雖是這麼說，但聽說這並非機密資料，凡是相關人士都能取得。

「總之我按照老師的交代，摘錄了現代魔術科周邊及鐘塔總部近一百年的歷史。啊，當然，作為間諜，我也會將同樣的情報傳遞給梅爾阿斯提亞派。」

從她若無其事地公開自己的間諜活動這點來看，應該說她狡猾嗎？或是應該評論她為有良心？

不知該怎麼回應的我只是點了個頭，伊薇特朝我歪歪腦袋。

「那麼，老師的情況呢？」

「他在附近的旅館之間不停變更藏身處。不只對艾梅洛教室，他好像想盡可能對其他人也藏匿行蹤。」

「哼～」

雙馬尾少女以食指戳戳太陽穴。

「我也懂得大家躁動不安的心情，因為鐘塔的大人物們一直都是一片騷然。雖然不清楚大家知情到哪一步，但這種氣氛即使不訴諸言語也會傳達過來。更何況，若是魔術師……」

伊薇特閉起一隻眼睛這麼說出口。

實際上或許正和她所說的一樣。剛才我也想過類似的事。艾梅洛教室的大家之所以會如此騷動不已，不可能只是老師隱匿行蹤的緣故。正因為他們個個是優秀的魔術師，才會感受到目前漸漸籠罩這座都市的陰影吧。

直覺正是魔術師不可或缺的才能，老師好像在課堂上這麼說過。他當時也一如往常地加上了一句自虐的臺詞，說自己的直覺不怎麼敏銳。

伊薇特感興趣地看著我懷中的文件發問：

「那麼，情況為什麼突然變成這樣？若是妳，應該聽說過更深入一點的詳情吧？」

「那是──」

我煩惱於不知道可以向自稱間諜的她透露多少，同時回想起這次案件的開端。

想起那個足以震撼鐘塔的案件的開始。

記憶追溯到數日之前——

＊

那裡是倫敦一棟大樓的屋頂。

最近這陣子，大樓的綠化活動在英國頗有進展，在屋頂上建造庭園與植樹好像成為了趨勢。倫敦本來在風尚上就對流行很敏感，在各處的建築物看到這類人工綠地的機會增加了，不過這一次，我們在屋頂上被帶往的建築物十分特殊。

據說那叫作茶室。

從某種意義上來說，那裡對我而言比魔術更加奇特。在極為狹窄的空間裡，擺設著優美的架子與細細的原木、看似由竹子切成的花瓶與掛軸，展現種種意義。當然，萊涅絲宅邸內用來喝茶的房間應該也充滿絕不遜色的物品及家具，眼下那股異國(Exotic)氣氛卻充斥著此刻的我。

特別是建造這個房間本身的建材令我很驚訝。

（……用木材、泥土與紙蓋成的？）

牆壁也好，柱子也好，榻榻米也好，建築物絕大部分好像都是由這些樸實的材料組成。看到與我們不同的歷史積累構成這樣的形體，讓我難以壓抑心中的感慨。

形狀彎曲的茶碗倏然遞到眼前。

茶水隨著芬芳的香味冒著淡淡的熱氣。雖然茶碗的形狀稱之為扭曲也不奇怪，和這樣的熱氣放在一起看，不知怎的卻感覺十分優美，或許這一點也在設計範圍之內。

「無須跪坐也無妨。」

茶室深處的女性告訴我。

那身鮮豔的和服與平常的振袖和服略有不同。她微微張口，帶著溫和的表情繼續說：

「坐在椅子上或許會比較輕鬆，但難得有機會，我想讓你們感受氣氛。」

「啊……是。」

根據她的說法，品茶的形式好像相當從簡，但頭腦不好的我已經達到處理的極限，也喝不出她推薦的茶的滋味。我記得在喝茶時，好像要故意發出聲音之類的。

正當我努力試著回想時，一旁的氣息動了。

「——化野菱理。」

老師開口。

他沒有像我一樣按照她的建議放鬆雙腿側坐，依然保持跪坐的姿勢。

老師手持茶碗，緩緩地抬起視線望著與之相對的魔術師。法政科的女魔術師——化野菱理。在至今的案件中與我們數度關聯——不時敵對的她，邀請我們前來這間茶室。

她的姿態宛如一朵鮮花。

不過，這朵花一定帶著尖刺。

老師注視著她的眼眸一會兒後，繼續發問：

「承蒙妳介紹日本的茶，實在教人欣喜不已，但是否差不多可以請教妳找我過來的原因了？」

「真性急。」

菱理看似為難地呢喃，說出一個地名。

「據說你在威爾斯相當活躍呢。」

她所指的是什麼顯而易見。

那就是我的故鄉。

在那個故鄉，老師遇見阿特拉斯院的院長——翠皮亞．艾爾多那．阿特拉希雅，解開了跟我及亞瑟王有關的案件。雖然得暴露我的愚蠢，但能夠得知那座村莊對自己而言並非只有殘酷的一面，讓我覺得除去了一直骨鯁在喉的芥蒂。

「這並非需要勞駕法政科之事。」

「你說笑了。」

女子如銀鈴般格格發笑。

「都意外遇見了阿特拉斯院的院長與聖堂教會的代行者，就算你這麼說也教人為難。現在也有認為現代魔術科君主沒有認清立場，行動太過放縱的聲音傳出來嘍。」

「只有這樣而已嗎？」

老師簡短地回應。

只從字面看，他的應對可以當成一種挑釁，但在兩人之間流動的絕非令人不安的氣氛。在他們眼中，這樣的對答好像只是在確認當然的前提。

管理鐘塔秩序的法政科與代表鐘塔本身的君主之間的對話，總之就是這麼回事吧。

短促的聲響響起。

那是老師喝完茶的聲響。我記得這叫做吸盡，發出這種聲音在遠東好像是種禮儀。雖然我覺得這種風俗很不可思議，還是戰戰兢兢地試著模仿。

菱理望著我們的舉動重新開口。

「在這個前提上，我今天請你過來，當然是為了兄長——哈特雷斯博士之事。」

她將想法化為言語。

我費力地忍耐著不讓肩頭嚇得抖動。對於如今的我而言，那個名字就是具有那麼大的意義。

「聽說在那起案件中，也有兄長留下的足跡。」

「沒錯。」

老師頷首。

她會稱他為兄長，我記得是因為菱理與哈特雷斯都曾是諾里奇家的養子。老師提過諾里奇卿是現代魔術科的資助者，就像是鐘塔的長腿叔叔。從這層意義上來說，他也是與老師頗有淵緣的對象吧。

難以閃避的命運。

我甚至不禁妄想，事情好像從很久以前起就註定會發展成這樣了。

無論如何，對於菱理的問題，老師微微瞇起眼眸。

「在威爾斯，的確有哈特雷斯留下的足跡。那個地方看來很適合他的實驗。細節可以恕我省略嗎？」

「方便的話，我想請教那些細節。」

菱理邊說邊從和服懷中輕輕取出信封，遞了過來。

「這是？」

「在你以君主身分行動時，我想這個可以作為參考。」

老師拿起信封，閉上一隻眼睛。

「我反倒覺得，自己正被女士妳按照自己的想法擺布呢。」

「這是彼此彼此吧。」

菱理若無其事地說。

然後，她如此繼續道：

「兄長利用第五次聖杯戰爭召喚了使役者。」

「…………」

老師什麼也沒說。

事情發生在那輛魔眼蒐集列車上。

在菱理也搭乘過的魔性列車上，哈特雷斯召喚了某位英靈。

其曰偽之英靈（偽裝者）。名留歷史的英雄的替身——即使並未留下本名，也確實陪伴過英雄，或是比起英雄本身在時代上留下了更鮮明的痕跡——那是為了召喚這樣的目標而設置的特殊職階（非正規）。

一般而言，就算是優秀的魔術師也沒辦法召喚這樣的英靈。

不過，哈特雷斯好像利用即將爆發的第五次聖杯戰爭與其術式，集合從日本橫跨地球通至倫敦的靈脈，再加上亞種聖杯與死徒魔力引起的特異現象等因素，顛覆了不可能。

正因為如此，老師才決定待在倫敦，不參加第五次聖杯戰爭。

「據說那場第五次聖杯戰爭已經召喚出四或五騎使役者了。在這一兩天，總計七騎多半就會集結，為戰爭開幕吧。這麼一來，從至今的資料來看，聖杯戰爭將在約兩週後分出勝負。」

至今的資料。

舉例來說，就是老師參加過的第四次聖杯戰爭等等的資料吧。不愧是法政科，看來，他們為那場遠東的魔術儀式準備了詳細的資料。

「召喚、維持那名使役者的是哈特雷斯自己製作的亞種聖杯，但其功能無法避免受到原型的影響，他刻意在接近冬木聖杯戰爭的時期召喚即是證據。這代表——到了聖杯戰爭終結的時機，偽裝者應該也會退去。那麼，哈特雷斯最近應該必定會有所行動對吧？」

「不。」

老師否定了菱理這番話。

「案件多半已經發生了。」

聽到那沉穩的聲音，菱理沒有立刻做出反應。

她跪坐的模樣宛如一朵鮮花。從遙遠的遠東被輸送到英國的凜然身姿。那朵花卉柔和地包覆住我們的言語與情緒。那種柔和與模糊，正是東方的神祕嗎？

「妳可有頭緒？」

「請查看信封。」

菱理指向方才的信封說道。

老師依言打開信封，瞥了一眼內容物後，將眉頭皺得更緊。

「……為什麼？還不到時間吧？不僅沒有通知我，還在這種時期舉辦，到底打算決定什麼？」

「關於選擇這個時期的原因，我也未能知曉。當然，上層有上層的緣由吧。」

法政科的女子沉穩地說。

「只是，正式的通知在數天之內應該也會下達給你。在這個情況下爭取幾天的時間，我認為其價值足以交換兄長──哈特雷斯的情報了。」

「…………」

老師沉默不語。

那份沉默比起剛剛的沉重數倍。他的嘴唇微顫，直盯著信封內容物的視線沒有一絲動搖。

「老師，怎麼了？」

我忍不住發問。

相隔一會兒後，老師抬起目光。

「化野小姐。」

「可以。你是這樣打算，才帶寄宿弟子同行的吧？」

女子催促著。

老師彷彿吐出口中石塊般低語道：

「──妳聽過冠位決議（Grand Role）這個名稱嗎？」

這個名稱很陌生。

不過，我聽過冠位（Grand）這個詞彙本身。那位人偶師——蒼崎橙子被認證的，作為魔術師最優秀的地位，不就是冠位嗎？也就是說，那個詞彙在魔術世界，是用來表達最高級、最優先的事物。

正因為如此，老師帶著苦澀說道：

「那是在鐘塔的經營上，為了跨越學科與派閥的界線進行審議，召集君主及其代理人召開的會議名稱。對，想成是鐘塔的最高決策機構就行了。對於艾梅洛而言，重要的是……」

「……是的，對於艾梅洛而言重要的是，在以前臨時舉行的冠位決議上，決定將失去君主的艾梅洛派移出礦石科（基修亞）一事吧。」

菱理伴隨著微笑補上說明。

「後來，由艾梅洛派掌管現代魔術科的決定，也是在冠位決議定下的。雖然那是為了調解上次的反彈而安排的既定政策，出席的君主並不多。」

「…………！」

我愕然，僵住不動。

無論對老師或艾梅洛教室來說，那些事情不是都太過息息相關了嗎？

於是，老師再次說道：

「她是來告訴我冠位決議將再度舉行的消息。」

我胸中怦怦直跳。

該來的時刻到來了。不知為何，我有這種感慨。

大概是因為我明白吧。關於如同總結算的那個時刻。

我有種預感，即使沒有第五次聖杯戰爭，我與老師應該面對的某種事物，一定也會到來──

2

——於是，時間回到現代。

走出鐘塔的倫敦校舍後，我搭乘地鐵。

我依照老師事先的吩咐，在下車後盡可能地混入人潮眾多的道路，避免遭到跟蹤，同時從繁華的國王大道轉進基利街，在泰晤士河的風中前行。

這個季節的倫敦宛如沉在海底。

與其說覺得寒冷，我更有種彷彿正逐漸沉入累積的歷史中的心情。騎著馬的警官不時經過，也激發了那種心情。

看到近代的汽車與腳踏車與騎馬的騎士一起守規矩地等紅綠燈，讓我分不清自己置身於過去還是未來。不過，想到我確實站在別人層層留下的足跡之上，也會使我被一股小小的驕傲所環繞。

（……這樣很奇怪嗎？）

我記得，以前這個都市只讓我感到恐懼。

這麼多的人群，這麼多的歷史至今依然活在都市中一事，一直令我感到害怕。數量龐大的人影每天早晨不帶任何懷疑地被吸入灰色大樓之中，看起來只像被帶往古老的死後世界。

可是，現在……

短短幾個月前的我，簡直像場遙遠的夢。

對於自己改變了那麼多，我唯獨有種極為沉靜的感慨。而且，那一定會連結到某些事物逐步的結束吧——這種沒有意義的悲傷觸動我的心。

我在此時停下腳步。

我盡量收斂氣息從後門進入，搭乘電梯抵達目標樓層。

就像我和伊薇特提到的一樣，這裡是旅館的房間。

雖然空間的寬敞程度得到了保障，但房間樸素到若被鐘塔得知，那裡的人恐怕會瞠目結舌地想著君主居然住得這般簡陋的地步。室內只有看起來很廉價的床鋪與幾張沙發、包含茶几在內的一套桌子，以及老舊的電視與聖經。

不過，有兩名與樸素環境不太相稱，怎麼看都是來自好人家的金髮碧眼少年，一起坐在用膠帶修補過的L型沙發上。

「小格蕾，歡迎回來～！」

「所以說，你別毫無節操地試圖靠近格蕾妹妹！」

費拉特看似愉快地正要從沙發椅背探出身子，史賓以手肘用力將他擋回去，同時大口喘著氣牽制我。

那是艾梅洛教室的雙璧。

「咦咦！這是親愛之情！我不管什麼時候都愛著艾梅洛教室的大家，將小格蕾排除在外可不行吧！」

「所……所以說，我才不是想把她排除在外！」

「啊，看吧！小格蕾的表情都蒙上陰影了！」

「不不不……不對不對不對！格蕾妹妹，我……」

「……呵呵！」

我忍不住發笑。

因為史賓來回看著費拉特與我，雙手上下揮動的模樣太好笑了。

「不要緊，我確實明白的。史賓或許有意迴避我，但絕對無意將我排斥在外。」

「那……那個，這麼解釋也有點……」

少年話說到一半，被拍手聲打斷。

「好了好了，你們三個的打鬧就到這裡為止吧。」

另一位登場人物自房間深處開了口。

「這幾天大家不斷轉移所在地，總是靜不下心來。特別是史賓，你屬於那種換掉熟悉的床鋪就會睡不好的類型吧？你瞧，只要換了狗屋，在做完標記之前，狗不都會晃來晃去嗎？」

「請別把我當成狗看待！」

「哎呀，是我失禮了。我這愛戳別人痛處的習慣就是改不過來。」

這種堂堂宣言的行為十分符合她的作風。

萊涅絲坐在唯一狀況比較好的椅子上，翻閱著書頁回過頭。

水銀女僕——托利姆瑪鎢也照老樣子佇立在她身旁，似乎剛好在泡紅茶。她的手邊還擺著西點，砂糖與奶油交織的可口香味摻入紅茶的茶香，將她的周遭一帶轉變成優美的空間。這說不定也是某種結界。

「那麼，格蕾，伊薇特有確實提供資料嗎？」

「啊，是的。在這裡。」

我報告了幾項消息，同時交出來自伊薇特的資料。

「哈哈哈，這可得大忙一場了。」

萊涅絲閉上一隻眼睛。

「請問，我們要解決的課題果然是冠位決議嗎？我不覺得冠位決議必定是為了艾梅洛的事情召開……」

當然，我認為那與艾梅洛之間密切相關到無法忽視。

不過，化野菱理也沒有提及舉行冠位決議的原因。在我所知的範圍內，我覺得艾梅洛派並未做出什麼決定性的失敗舉動。雖然我不認為老師和萊涅絲在自尋煩惱，但真的對問題沒什麼頭緒。

萊涅絲微微皺起眉頭，深深坐進椅子裡開口：

「不，單純是現狀很糟糕。沒有掌握足夠的情報就出席冠位決議，當敵對的君主拋出提議，對於艾梅洛派來說有可能構成致命一擊。」

「這是怎麼回事？」

抓不準因果關係的我發問，萊涅絲點了個頭。

「哈特雷斯和我們同屬現代魔術科，是前任學部長吧。」

「……啊。」

我總算察覺到這早已明示的關係，對自己的愚蠢感到暈眩。

「我不知道哈特雷斯博士的計畫是什麼，不過像菱理暗示的一樣，他必然會在近期展開行動。將魔眼蒐集列車與妳的故鄉之事綜合起來考慮，那個計畫應該將在魔術世界帶來無法忽視的影響。」

當然，那與目前的艾梅洛毫無關係。我們會掌管現代魔術科，不過是由於被逐出礦石科的反彈與順勢而為，就這麼接管了空白的席位而已。但是在鐘塔，可不會就這樣算了。」

少女有些愉快地說道。

「針對弱者攻擊。對方溺水時就是良機，讓他下沉到再也無法浮出水面吧——這種思維是鐘塔的基礎。基本上，什麼艾梅洛派明明應該早就滅亡了……咬牙切齒地抱著這種念頭的傢伙可是多得很。」

對於她而言，那裡或許正是故鄉。

如吃飯飲水般與他人相爭，如呼吸般打垮他人，一直以來都用這種方式去捍衛的城堡——那是絕不該給予同情，值得驕傲的容身之處。

不過以我來看，也因此感到有點寂寞。

就好似看著她孤伶伶地坐在冰冷寶座上的身影……

「需要再為您續一杯紅茶嗎？」

「嗯，謝謝。倒茶吧。」

少女啜飲一口水銀女僕斟滿的紅茶，輕輕聳肩說道：

「唉，就是這麼回事，我們有必要盡可能收集情報。首先君主不會全體到齊，我想盡可能掌握有出席意願的君主的優勢及弱點。哎呀，雖然我時時都會更新情報，可是既然沒掌握到在這個階段將舉行冠位決議的大新聞，都不知道還漏掉了其他多少消息。」

真是的，我的本事也生鏽嘍。萊涅絲喃喃說著，抬起目光。

「關於冠位決議，伊薇特說了什麼嗎？」

「我想想，她好像沒聽說這件事。她在連連眨眼之後向我確認，這種事真的可以告訴她嗎？然後她說，既然她沒聽說，代表梅爾阿斯提亞派有八成機率並未掌握消息，或是他們這次打算棄權。」

「嗯，真不愧是伊薇特。唉，她雖說是間諜，也只是基層人員，不知道對於梅爾阿斯提亞內情的認知有多少準確度，不過與我的想法是一致的。資料的摘錄也很精確，歸納得很好。」

萊涅絲用手背拍拍那疊紙。

我很少看到她用這種方式稱讚人。原來如此，這代表伊薇特的洞察力與提供的資料就是具有那麼高的價值吧。

「那些資料的內容是什麼呢？」

「嗯，像我先前所說的一樣，這並非什麼高度機密資料。不過，這是梅爾阿斯提亞獨有的資料。」

「……啊，派伊薇特小姐當間諜的派閥嗎？」

「沒錯沒錯。即使同樣是鐘塔的基本資料，只要派閥不同，內容也會截然不同。這說明了『從梅爾阿斯提亞派的觀點來看，哈特雷斯博士是什麼樣的人物』。將這個情報加上現代魔術科的資料，會浮現另一種人物形象。」

萊涅絲迅速地翻閱那疊資料，抽出夾著幾張照片的文件。

「史賓。」

「是。」

「把這份文件與事先整理過的資料做對照。我有個頭緒，不過由你來檢查的話更輕鬆。」

「我明白了。」

史賓意外坦率地收下了文件。

看到這一幕後——

「對了，老師——」

正當我說到一半，門打開了。

看樣子他之前在隔壁的房間淋浴。

老師穿著浴袍，溼淋淋的長髮包著毛巾。他白皙的後頸還滴著水滴，但比起這種事情，老師看來變得更加消瘦的臉頰更令我印象深刻。

「啊，格蕾，妳回來啦。」

他瞇起眼眸，緩緩地坐進椅子。

那樣的動作如同倒下。實際上，癱坐在椅子上的老師的表情，相比平常更為陰沉。

「你還好嗎？」

「以身體狀況來說，糟糕透頂。」

老師坦率地吐露。

他臉色蒼白，右手輕撫胃部一帶。他應該服用了魔術藥，但藥效大概不足以完全抵消胃痛。他用毛巾粗魯地擦乾頭髮，拿起放在桌上的雪茄，仔細地炙烤點燃後吸了一口。

老師苦澀萬分地吐出煙霧，提出話題。

「方才我和萊涅絲也談過了。今天馬上就送來了兩封信。對，我們明明為了避免被追蹤而天天更換旅館，信件卻一派理所當然地寄送到這間旅館來了。」

老師邊說邊從抽屜裡取出兩只信封。兩只信封都很典雅，分別蓋著精心設計的封蠟。

老師的目光看向右邊的信封。他開口：

「一封是經由梅爾文寄來，民主主義派的巴爾耶雷塔閣下的來信。」

我當然記得那個名字。

依諾萊・巴爾耶雷塔・亞特洛霍爾姆。

一位乾脆果決的老婦人。

我在雙貌塔伊澤盧瑪遇見了她，是除了老師以外，我認識的第一位君主。統治創造科(巴爾耶)的她乍看之下性格溫和，看起來也熟悉現代技術，但她的內在是我所知的範圍內，作為魔術師完成度最高的人物之一。

足以讓人理解她是那位蒼崎橙子的老師的魔術師頂點。

「另一封信則是降靈科的君主，貴族主義派的尤利菲斯閣下寄來的。」

「降靈科……」

這是我幾乎沒有接觸過的學科。

按照以前在老師的課堂上聽到的，那個學科使用的應該是利用死靈與英靈——就算只限於一小部分——的魔術。那個學科在某種意義上與我的故鄉有緣，因此那種恐怖也切實地傳達了過來。

艾梅洛也是貴族主義，這兩者原本應屬相同派閥。只是，這不代表對方就單純是與我們友好的對象，這點看老師的臉色也是顯而易見。

萊涅絲抖動肩膀，低聲發笑。

「幸好，雙方邀約我們的時間並未撞期，得以避免民主主義派與貴族主義派考驗我方忠誠歸屬於哪一方的狀況發生。哎呀，如果被考驗了忠誠的話，就能看到兄長露出十分有趣的表情了。」

「女士，請妳明白，我們坐在同一艘船上好嗎？」

「我當然明白。雖然這一點我自己也覺得很遺憾，但看來我在自身的毀滅與愉悅之間，天生忍不住更重視後者。」

「……糟透了。」

「嗯，這句讚美可真好聽。」

面對不斷輕笑的她，我陷入沉思。

我的腦海已經塞滿了訊息。

無論是冠位決議、與此相關的貴族主義派及民主主義派的盤算、老師與萊涅絲他們所擔憂的哈特雷斯博士的密謀，都位於我設想不到的領域。如同萊涅絲平常所說的，正因為她一路抵禦時時設於鐘塔的陰謀詭計走來，才有能力處理那樣的領域。

「…………」

我暫時中斷思考。

計算自己辦不到哪些事也無可奈何。我專注地絞盡腦汁思索，現在自己辦得到又可以確實地幫助老師的事情是什麼？啊，到頭來，我辦得到的頂多只有把這具身軀交付給足以信任的對象而已。

所以——

「——我該做些什麼才好？」

「哎呀。」

萊涅絲挑起一邊眉毛。

「真是幹勁十足啊～這麼好的寄宿弟子跟著兄長有點可惜了吧？」

「閉嘴……這我很清楚。」

老師悄然補上的臺詞讓我的臉頰燙得彷彿有火在燒。

我感覺到自己連耳朵都紅透了，尋找著該說什麼話。

「那個，這個……我覺得……我是個……沒用的寄宿弟子。雖……雖然如此，我想至少也有一些事情……是我辦得到的……」

「嗯。所以，我們按照適性分組吧。」

萊涅絲說著，舉起放在手邊的甜點。

那是五片烤出漂亮色澤的沙布列餅乾。

扣掉托利姆瑪鎢，數量與我們相當。

「首先，一組跟兄長一起去見捎信來的大人物。唉，除了我和兄長兩人以外都不可能適任吧。到了這種等級，犯下一點禮儀疏失也會被抓住弱點窮追猛打，而且你們的想法都太容易表現在臉上了。」

看著劃分開來的兩塊沙布列餅乾，我也接受這個說法。

我或費拉特都無庸置疑地不適合吧。雖然覺得史賓在一定程度上能夠應付，但也沒達到足以跟政治手腕老道的鐘塔高層過招的程度。

萊涅絲將剩下三塊沙布列餅乾放在小碟子上，放到我這邊來。

「然後，一組根據剛才的資料展開調查。這一組要追蹤現代魔術科前任學部長——哈特雷斯的行蹤，替冠位決議預做準備。小組由格蕾、費拉特與史賓組成。追蹤工作可以交給史賓的鼻子，至於分析是費拉特的拿手本領吧。我希望格蕾妳能拉緊韁繩控制好他們兩個。」

「只是，萬一快要接觸到哈特雷斯本人與偽裝者，你們要馬上撤退。這是讓你們涉及此事要遵守的絕對條件。」

老師接下來補充的要求很合理。就像暫停艾梅洛教室般，他原本應該不希望學生們涉及這件事，但我們已在至今的案件中切身體會過，放著費拉特與史賓不管會發生什麼結果了。

「好……好的。我會努力。」

「我、我當然會把韁繩交給格蕾妹妹！」

在回答奇妙的有力的史賓身旁，費拉特拍了拍掌心。

「啊，狗狗（Le Chien），難不成你對鼻環或項圈之類的東西感興趣？要不要我現在去找適合小格蕾跟史賓的產品呢！」

「我剛剛也跟萊涅絲小姐說過，別把我當成狗看待吧！不如說，為什麼先列出了鼻環！」

史賓大聲反駁，與費拉特吵吵鬧鬧地鬥嘴。

我覺得他們兩人感情真的很好。

「咿嘻嘻嘻，這兩個傢伙總是好吵！」

放在固定裝置（Hook）上的亞德，語氣也顯得很愉快。

「是啊。我有一點——不，我非常羨慕他們。」

「哦～妳變得好坦率！」

「我希望是如此。」

我小聲地回答。

然後，我向萊涅絲問起唯一的在意之處。

「可是老師不在，不就缺少了調查的關鍵嗎？而且向人打聽的時候，少了老師有可能無法向對方請教專門的問題。」

儘管不是偵探，老師也總是在案件中負責推理任務。說起來，在魔術相關的知識量上，費拉特跟史賓應該都還遠遠不如老師。

於是——

「唉，我有在思考這個問題。我覺得妳會中意的喔。」

萊涅絲滿足地彎起嘴角。

那是個惡作劇般的笑容。

3

——大魔術迴路，第七十八層。

在迷宮中的最低行動人數為五人。

分工為發掘員兩名、警備員一名、在遇見幻想種等好戰生物時的戰鬥員兩名。當然，人數可能比這個分配更多，有時也會身兼其他角色，但基本上不允許以更低的人數行動。

少年擅長發掘。

他的屬性為地。

雖然曾是新世代的母親教不了他多厲害的魔術，但他至少很適合探索這座迷宮。因為母親將發現、採掘稀有礦石與咒體需要的術式全部傳授給他了。

目前他們正在探索的第七十八層，距離地表約三萬公尺。在地上（天空）最高的山好像也不到九千公尺高。多麼渺小的世界。

不過，那是多麼美麗的夜空啊。

「喂，別發呆了，小伙子！你想被吞下肚嗎！」

在團隊裡較為年長，體型福態的魔術師大聲一喝。

他和少年同樣是發掘員，屬性為火。以鍊金術製作各種魔術藥，視情況當場熔化岩盤，僅讓礦物浮升起來等等是他的工作。

「啊啊，啊啊，如果你死得乾脆那也可以，否則的話，可是我得被迫消耗貴得要命的魔術藥！製藥的時間也不容小看！」

在大魔術迴路潮溼的空氣中，鍊金術師似是氣得直跺腳，越說越急。

不過雖說叫迴路，亡故之龍的基因在這一帶的地面卻很稀薄，與普通的洞窟相差無幾。當然，只有這座迷宮才有淡淡發光的巨大魔術迴路掠過，稍微一鬆懈就會冒出殺人孢子或食火鼠也是真的。

「好了好了，你們都是發掘班的，就原諒他吧，蓋謝爾茲。」

「他還為大家在地上變賣了東西喔。」

居中調解的是搭檔的戰鬥員。

他們是一對兄弟，據說懷抱著一舉發大財的夢想，數年前便從地表下來地底。如果家族是更正統的魔術師家系，我們就得為了繼承魔術刻印互相殘殺嘍——這是他們愛說的經典笑話，經常在喝酒時笑著談起。

「哎呀~不過還真虧你能在地上賣掉那些東西呢。」

「我的眼珠差點瞪出來嘍。解剖局竹槓敲得真狠！結果你把那些東西賣給了誰？」

「不，那個，我碰到了很多事。」

他含糊其辭。

像是實際上，那筆錢不是賣出咒體賺來的，而是有人給的、他向自稱哈特雷斯的現代魔術科學部長拜師等等，少年還沒有將這些事情告訴同伴們，因為連他自己也不太明白情況為什麼會變成這樣，感覺沒辦法好好解釋清楚。

「你們太寵這個小鬼頭了！」

兄弟檔開著玩笑應對抱怨連連的蓋謝爾茲，儘管如此，氣氛依然和善，大概是組隊已經有了段時間的關係吧。他們三人在都市(City)中也經常聚在一塊兒，這件事少年也知道。

然後，最後一名隊員走到他身旁。

那是一名與少年同世代的黑皮膚少女。

她是警備員。

她有著與肌膚同色的黑眸以及形狀姣好的嘴唇，屬性為水，與那她彷彿要將人吸入其中的色澤很相稱。她擅長以自動控制施展的元素變換魔術，頭髮在脖頸處剪齊，隨時都冷靜地直盯著遠處的側臉，在少年眼中十分耀眼。

她並肩站在他身旁開口：

「太好了。還有你家人的事情也是。」

那句呢喃簡潔，卻明確地傳達出了發自內心的關懷。

光是這樣，對於少年來說就夠了。

所以，他忍不住多加上了一句話。

「那個……」

「什麼事？」

要吐出接下來的臺詞，需要鼓起的勇氣相當決定前往地上時。他緊握住掛在腰際的採掘工具，注視著微微發光的地面，而非少女的眼眸，這麼吐露：

「回都市之後，一起吃頓飯如何？」

蓋謝爾茲與兄弟檔在迴路前方交談的聲音，唯獨此刻比起百萬光年更加遙遠。

不久之後——

「……可以呀。」

黑皮膚的少女帶著一絲羞澀點點頭。

掠過迴路的光線雖然微弱，卻很美麗。即使看不見天空，他也目睹了足以讓他抬頭挺胸的光輝。

——那是十多年前的往事。

對於少年而言，那毫無疑問是他的黃金歲月。

第二章

1

——對於我而言。

冠位決議這個詞彙，聽起來有種特殊的感觸。

因為萊涅絲·艾梅洛·亞奇索特的命運，在那時候被決定了。

那場會議，我們被迫面對——上一代君主肯尼斯的死留下了多大的空白。那一天，與會者透過多數決，決定將艾梅洛派自長期統治的礦石科趕下臺，另尋代理的管理者。

然後在第二次的冠位決議前，我被強行擁立為新君主候選人，遭暗殺未遂的次數多到我不想去回憶。我認為自己能夠倖存下來，是當時的管家的教育以及他付出了一定努力的結果……然而到頭來，劃分生死的只有幸運而已。

正因為如此，我才會密切關注兄長。

我打從以前起便是他的粉絲。他是義兄（肯尼斯）身亡的那場第四次聖杯戰爭的生存者。明明純粹的戰鬥能力與生存能力低到在集結的主人中幾乎是倒數第一，卻不知為何不僅從戰爭中生還，更在不知不覺間接手了義兄的艾梅洛教室，是個特異人物。

按照常理，我或許該怨恨他。

根據紀錄，魔術師之間並未直接發生戰鬥，但他無疑是跟義兄交戰過的對手之一。就算並非如此，情報也顯示他奪走了義兄手中的聖遺物。由於在懂事之後與義兄接觸的次數寥寥可數，我對義兄的死沒有多少感慨，但換作平常的我，應該會以各種方式利用恩怨榨乾他的價值吧。

我沒有這麼做，果然是對他著了迷。

一個人——還是以新世代而言也不怎麼樣的學生撇下君主生還，展現了超群的幸運。若是能吸收那種幸運，搞不好我往後也能生存下去，我抱著這種如拙劣魔術般的念頭，將兄長束縛在自己的位置上。

「兄長也只參加過一次冠位決議嗎？」

「當時出席的君主，包含代理人在內也只有最低限度的四人，而且無論哪邊的君主都沒什麼幹勁。在即使在鐘塔遇見也不值得誇耀的君主排行榜上，我應該毫無疑問地名列第一吧。」

「兄長受到大家的喜愛，應該抵消了這一點不是嗎？不過，你當然沒什麼地位和威嚴可言就是了。」

眼見兄長皺起眉頭，我獲得了充實感。

明明跟我打交道那麼久了，卻仍舊將自卑感暴露在外的你實在可悲。可以的話，希望你一直保持這個樣子。

我轉動目光。

此刻，我們坐在巴爾耶雷塔閣下派來的馬車上。

特蘭貝利奧也準備了馬車，當然，他們並非沒有豪華轎車。在什麼場合以什麼方式接送客人，依照彼此的關係及立場而定，會鮮明地凸顯出欲表達的訊息。

至於這次的情況，從車夫格外有禮的態度來看，意思應該是「我們很重視你們，叛離貴族主義投靠我方如何？」。這種令人討厭的傳達方式充滿貴族特色，我遲早要還回去。還有，希望他們能夠透露是用哪種魔術讓乘客的屁股幾乎感受不到馬車的震動的。

「唉，無論如何，我們手上的牌不夠多。既然對方特地事先找我們過去，唯一的做法只有拿這個藉口來收集訊息，之後則看調查組的成果而定。」

我點頭附和，試著問起另一個問題。

「那麼，調查組的狀況怎麼樣，兄長？」

我詢問的語氣忍不住透出雀躍。可別責備我啊，我的兄長。

坦白說，我沒想到那個點子會那麼適合。光是像這樣回想起來，我就忍不住咧嘴偷笑，而格蕾初次目睹時閃閃發光的眼神，甚至令我產生一點也不符合個人風格的感慨，覺得自己是不是把一輩子份的善行都做完了。

兄長將眉頭皺得更緊，大大地嘆息。

「目前沒有問題。雖然有費拉特和史賓在，不能疏於注意。」

「呵呵呵。那格蕾怎麼樣？」

「她現在也一起坐在晃動的巴士上。他們目前在整理關於哈特雷斯的情報。」

喔喔，兄長回答時的表情相當苦澀。

搭乘同一輛馬車的托利姆瑪鎢以一如往常的冷淡表情注視著我們的互動。

2

聽說巴士在倫敦行駛的歷史相當悠久。

即使像從前的我一樣不住在倫敦的人，應該也很熟悉那出現在電影與連續劇中的矮胖紅色雙層巴士(Double decker)吧。

倫敦原本以馬車作為運輸工具，不過自二十世紀初引進汽車以來，巴士好像就跟地鐵一同承擔起了倫敦的交通網。剛和老師一起抵達倫敦時，我目睹據說最近才引進的連結巴士(Bendy)，大吃一驚。雖然那種將兩節車廂前後連接的車型，看起來會碰到許多問題，不過這也代表巴士是多麼深受倫敦本地居民的喜愛吧。

今天的我們也坐在雙層巴士上。

在車窗另一頭，街道的風景隨著平穩的引擎聲流逝而去。

有時是數量格外多的博物館與美術館。

有時是循規蹈矩地並排騎在道路上的自行車。

每一種景物都看來愉快地融入城市，讓我不禁忘了目的，看得入神。

當然，我們這次選擇搭乘巴士是為了避免遭到跟蹤。老師分別備有公務車與私人用車，不過這次沒有用上。我們盡可能分散到不同車站上車，在巴士上集合。跟據史賓的說法，那些狂熱崇拜老師的學生不只知道老師汽車的車種和車牌號碼，甚至掌握了車胎的摩損方式及車上的小配件，有容易變成魔術偵測目標的風險。

無論如何，當我們在巴士上層談論這次的調查時，那個詞彙冒了出來。

「哈特雷斯的弟子……？」

「對，沒錯。」

老師的聲音如此肯定。

我坐在巴士最後方，費拉特與史賓則坐在前一排的座位上。雖然彼此壓低了音量，但只要強化聽覺就不成問題，不會妨礙對話。

當然，費拉特還施加了偽裝魔術，以免其他乘客聽到談話內容。就算我們討論危險的魔術話題，在周遭眾人聽來也會轉換成無關緊要的學校生活等內容。我想，平常上課的時候，他搞不好也會使用這類魔術享受樂趣，但我沒有追問這一點。

咳咳，清了清喉嚨後，老師的聲音往下說：

「畢竟他本來是現代魔術科的學部長。單論曾經受他指導的對象，人數就多得數不清。但是，關係可以明確稱之為弟子的魔術師沒有那麼多。」

聽老師這麼說來，的確沒錯。

若包含旁聽生在內，曾經受老師指導的魔術師人數眾多。不過，以接近到能了解彼此為人的距離互相接觸的學生應該很少。艾梅洛教室的正式學生也是，範圍應該十分有限。

更何況是當時對人才來說沒什麼吸引力的現代魔術科。

「現代魔術科這邊的紀錄被仔細刪除過了，不過梅爾阿斯提亞那邊的資料留下了各種情報。嗯，儘管不經過比對難以分辨，但一方面還有菱理流出的訊息佐證，我掌握了他大約五名弟子的位置。你們去查訪他們的位置。」

「好的～！」

「……費拉特，你盡可能待在後面。史賓，大多數交涉由你負責。必要的時候我會輔助你，所以盡量找出可以連結到哈特雷斯的線索。話說，雖然我們像這樣進行調查，哈特雷斯的行動也有可能與冠位決議毫無關聯。」

老師這麼說著，但看起來也不太相信這個可能。

冠位決議來得很突然，正因為如此，與至今的案件絲毫無關的機率應屬微乎其微。不，就算沒有關聯，兩者都確實是老師應當面對的障礙。

「我明白了。」

史賓點點頭。

「不過，以老師的狀態，不是沒辦法在別人面前露臉嗎？」

「唔……！」

老師語塞。

費拉特從前排座位回過頭。再度目睹老師的模樣，他摀住嘴角。

「噗、噗噗噗……！」

「不許笑，費拉特！對老師很失禮！」

「因、因為！這樣的教授實在太大笨鐘☆倫敦之星了！應該說，變成這個樣子要叫小笨鐘☆倫敦之星嗎！啊，不對，是金屬笨鐘☆倫敦之星嗎！」

車上的座椅是雙人座，不過這個座位上只有我一個人。

老師的聲音自我的膝蓋附近傳來。

問題在於那個尺寸。

「……女士，我很高興妳沒有笑，可是妳為何露出那麼傷腦筋的表情，鼻翼抽動個不停？」

「沒……沒有。那個，我就是沒想到，那個，老師居然會變得那麼可愛……」

「咿嘻嘻嘻！這可是我的同類啊！」

亞德的感想一點也沒錯，我用盡全力才忍著沒爆笑出聲。

趾高氣揚的老師，現在是掌心尺寸。

耀眼的金屬光澤在他的表面波動，無論那頭長髮或服裝，全都化為十分之一的尺寸，統一成同一種顏色。這好像是把托利姆瑪鎢的一部分加工之後，重新定義成老師的使魔的產物。

幾位乘客聽到笑聲，轉頭看了過來，我朝他們點頭致意。我們用費拉特的魔術偽裝了老師的模樣與談話的概要，不過看來沒有連我們的笑聲都蓋掉。

接著——

「作為緊急方案，這也無可奈何吧。」

迷你老師一臉不高興地開口。

「如果會議變得忙碌，我或許就顧不上回應這邊，但暫時可以共享五感，月靈髓液原本即具備計算這種反饋的功能。我並非沒有使魔，不過無法期望達到精密度這麼高的感官共享，魔術迴路也不足以精細地演算校正行動。雖然得借用萊涅絲的東西教人生氣，但既然這個方法最有效率，不採用可是愚行。」

這種說法很符合老師的風格。

「無論如何，女士，當情況實在需要艾梅洛II世發言，就由妳來扮演我的使魔，我從那個口袋裡說話。妳會介意嗎？」

「……好……好的。我當然不介意。」

「謝謝。」

迷你老師很有紳士風度地一鞠躬。

「那麼，回到正題。關於哈特雷斯的弟子，這次去見的對象是蓋謝爾茲．托爾曼，他以魔術藥聞名，屬性為火，最近不常與鐘塔接觸，不過在社會上聲譽頗高。雖然沒收到他生性好戰之類的情報，但若碰上無法避免戰鬥的情況……」

等我們另外確認過幾件事後，巴士抵達了目的地的車站。

那是一個清靜的地區。

一片跟公園相鄰的住宅區，路上只看得到寥寥數名行人。

當然，這裡遠比我的故鄉都市化得多。不過，即使是在倫敦，從核心地帶搭乘約二十分鐘的巴士，也能看見這樣的景色。有誰會想到隔壁住著真正的魔術師呢？以英國喜愛幽靈的風氣來看，知道這點的話，風評說不定反倒會上升。

「工坊就在西邊。」

口袋裡的老師指示我們。

我邁步前進，炸魚薯條的香味自一段距離之外的公園攤販處傳來。大多數店家都準備了許多調味料，我喜歡的口味是滿滿的黃芥末醬和番茄醬，再加一點麥芽醋。一咬下去，酥脆的麵衣與調味料就會在口中迸開，配上白肉魚清淡又扎實的鮮美滋味，營造出不管吃幾次都不會吃膩的好味道。

那是我來到這個城市後記住的香味。

是老師教我認識的味道。

當我在瞬間追溯起那些記憶，走在身旁的少年停下了腳步。

「史賓？」

「有幾種氣味摻雜在一起。」

「咦？」

他指的顯然不是剛才的炸魚薯條。

「是魔術的氣味。感覺是混濁的藍色和紫色。基礎是鍊金術使用的藥品，我分辨出了幾種，但混合在其中的氣味比較新——應該是赤紅嗎？」

聽到皺著眉頭的史賓這麼說，老師從我的口袋裡下達新指令。

「費拉特，展開觀測。」

「ＯＫ，教授！開始干涉（Game Select）！」

費拉特按照老師的話轉動手指，讓一片金屬箔飛起來。

形狀類似於日本的摺紙。

或者該說就像電玩遊戲中的線框模型一樣嗎？既非鳥類也非蝴蝶的魔術結晶宛如真正的生物般，拍打由金屬箔構成的薄翼，在某間住家的上空盤旋。

「就是那邊那棟有煙囪的房子吧。嗯～的確改造成工坊了……要從這裡駭入嗎？」

「不，駭進去後如果被發現，對方出於正當防衛跟與我們敵對也沒得抱怨吧。這次只是來打聽對方過去的恩師的消息，就試著走正門拜訪吧……不過，要是情況不對就馬上撤退，別放鬆戒備。」

聽到小型老師的聲音微微透出緊張，我體內的感覺也變得敏銳至極。

我和史賓互相點頭，走向住家正面。

我吞了口口水，然後深呼吸。

接著敲了兩下門。

「午安。」

屋主沒有回應。

想立刻再度敲門的衝動襲來，但我等候了一會兒。我暗中迴轉體內的魔力，護住口袋裡的老師。我提升精神的專注力，好在必要時能瞬間發動「強化」進入戰鬥狀態。

不久之後，屋內傳來反應。

未經掩藏的隨意腳步聲走了過來。

門扉與牆壁之間打開一道細縫，緩緩地被人推開——

「——嗨～你們好嗎？」

有人從門內發問。

我和老師輕輕倒抽一口氣，聽覺比我更敏銳的史賓在我身後繃緊身軀，因為每個人都記得這個聲音。那是在我們心中烙下鮮明的印象，實在太難以遺忘的人物。

唯獨費拉特輕拍手掌，哇的一聲發出愉快的歡呼。

「好久不見！咦，妳怎麼在這種地方！難不成妳曾是哈特雷斯先生的弟子嗎！不對，這樣不太對勁，雖然年齡似乎相符，橙子小姐看起來也涉獵廣泛，可是你們的術式沒有那種感覺耶！應該說屬於不同類別，差異大概有街頭格鬥家與綁頭巾的諜報員那麼大！啊，不，兩邊在未來有可能意外會出現在同一款遊戲？」

「看來你還是老樣子。嗯，我個人不討厭這種態度。只是我對遊戲領域不熟，不要見怪……哦，連君主的樣子都變得相當可愛啊。」

發出輕笑的是一位戴眼鏡的東方女性。

女子水嫩的肌膚看來像二十七八歲，但並不確定。與她的髮色一樣，她很適合赤紅。並非純色，而是衍生色。那種有些黯淡的印象與她很相稱。

其名正如同費拉特所稱呼。

從收到冠位決議的消息時開始，我們就應該預料到她的來訪嗎？

「蒼崎橙子……」

老師在口袋裡發出呻吟。

冠位的人偶師在門後微笑。

*

雖然瞬間有所遲疑，我們仍然接受她的邀請進入屋內。

就像史賓的鼻子識破的一般，牆邊的置物架上擺著許多藥品。堆積如山的瓶罐裡浸泡著各種昆蟲與草類。「哦……」從口袋裡望過去的迷你老師發出沉吟。

當我們喝著橙子泡的咖啡，她微微頷首，回答了我們的問題。

「對，我當然知道哈特雷斯博士。在我所知的時期，現代魔術科可是由他指揮的。直到現在，聽到艾梅洛掌管現代魔術科，我都覺得不太習慣。」

「……那是家族沒落後被強塞過來的結果。」

「對這些學生們來說，結果不是很好嗎？」

橙子愉快地望著坐在椅子扶手上的迷你老師。

她也輕鬆地靠著木椅椅背喝著咖啡。那副模樣簡直就像偵探事務所或哪裡的所長一樣。以她的經歷，說不定真的也經歷過那種時代。

「然後，我當然不是哈特雷斯的弟子。應該說，我跟你們是為了同一件事才來到這裡。」

「跟我們是為了同一件事嗎？」

當我發問，女子微笑著點點頭。

「嗯。這裡是別人的家，我既沒與屋主見過面，當然也沒徵得他的同意。咖啡也是從剛好放在那邊的東西裡隨便挑的，但屋主的品味看來很不錯呢。」

「橙子小姐！」

我忍不住吐槽。

面對加深笑意舉起咖啡杯啜飲的橙子，扶手上的迷你老師用力皺緊眉頭。

「妳已經馴服了他人的工坊嗎……」

「我可沒做出那麼無法無天的事，只是不採取敵對行為而已。看就會知道什麼舉動會觸及工坊的禁忌吧？」

我無法理解她的作為有多麼驚人。

不僅擅自入侵還泡了屋主儲藏的咖啡，卻依然不算是敵對，我不明白這個意思。

只是，縮小的老師露出了極度絕望的神情。就像個明明已耗盡體力，卻重新認知了自己必須跑完的距離還有多遠的馬拉松跑者。

接著——

「……好了，談談正題吧。」

橙子摘下眼鏡，忽然壓低了聲調。

先前也出現過一樣的情況，橙子的性格會以那個行動為界線轉變，就如同某種開關一般。與其說是人格改變，更像是改變應對社會所須的面具(Persona)，也就是切換善惡的優先順序。

有人情味的她和不帶人情味的她，兩者都是蒼崎橙子，並非其中一面才是真正的她。

「唉，我的來意是處理消化不良。雖然很享受在雙貌塔伊澤盧瑪發生的事情，但我知道還留下了一些殘渣，而且我被迫強制退場。儘管之前的約定已經解決，我依舊偶爾會抱著消磨時間的心態追蹤這件事。」

她指的是哈特雷斯。

那名魔術師也暗中涉及了那起案件。老師和萊涅絲判斷，在那場競標案件核心咒體的地下拍賣會上，提供資金給伊澤盧瑪的人物應該是哈特雷斯。

被當成方便道具利用的冠位人偶師會追查他的行蹤也沒什麼好不可思議的。實際上，她是不是介意自己遭人利用本身就相當值得懷疑。原來如此，用消化不良來形容的確適合。

「那麼，從學生們剛才的說法來看，你們是追查著哈特雷斯才來到這裡的吧？對情況掌握到哪一步了？」

「目前查到他大約有五名弟子。」

「哈！不愧是在鐘塔擁有地位之人，調查這種事的動作還真快。名單可以讓我瞧瞧嗎？」

「可以。史賓，給她看看。」

由於老師點頭同意，史賓老實地掏出懷中的筆記。

看見那些名字後，橙子倏然滑動手指這麼說：

「啊，去找這兩個人也沒用。」

「那是什麼意思？」

「因為他們和這裡的屋主一樣下落不明。我原本正在追查另一起事件中關於失蹤魔術師的消息，結果碰上了哈特雷斯的消息。嗯，總之這是起連續失蹤案吧。」

橙子的回答令我感到一陣戰慄，手邊的咖啡香味彷彿也消失無蹤。

連續失蹤案。

我的感覺就像突然從魔術師的異能世界被拋進現實的懸疑事件裡。在我所知範圍內最高位的魔術師告訴我們這急轉直下的發展，使得一股嗆咳的衝動在我口腔內擴散。

老師也用微微緊繃的聲調發問：

「失蹤？」

「唔。你們還沒查到那一步嗎？」

橙子觀察我們的反應，說道：

「對，沒什麼好吃驚的。一般人如果失蹤，會引發騷動，不過魔術師原本就是世界的異類，即使消失，被發現的機率也很低，更何況是不太與鐘塔接觸的人物。」

我也是這樣吧。她加上一句分不清是認真還是開玩笑的補充

「然後，參考周遭眾人的證言與工坊的情況，這裡的魔術師──蓋謝爾茲．托爾曼大約是從三天前起下落不明。加上已經失蹤的兩人，這下子有三個了。我也還沒查過哈特雷斯剩下的兩名弟子，但看過這份名單後，我得以確信他們的共通之處。不如說，剩下的兩個在那邊是名人……以身為迷宮生還者聞名。」

「嗚哇，真的嗎！」

「我也是第一次聽說迷宮生還者的消息，因為現代魔術科幾乎看不到嘛。」

費拉特和史賓分別有所反應，而我不解地歪過頭。

「……迷宮指的是什麼？」

他們兩個聽了，連連眨眼。

縮小的老師也同樣用水銀構成的小手摀住嘴角，閉上一隻眼睛。

「也對，格蕾得從這裡開始了解。」

「啊～小格蕾雖然在鐘塔上課，但不是魔術師嘛。」

費拉特的話令我不禁感到惶恐。

「對……對不起。」

「不，這是我的問題。這個項目的確與現代魔術毫無關聯，所以教學時不會提到，但也並非完全沒有像妳一樣的學生。」

這代表這件事對於鐘塔居民而言是種常識吧。我感到更加愧疚了。

不過，老師絲毫沒有對我露出失望之色，以沉著的語氣開口：

「蒼崎小姐，我得花些時間向弟子解釋，這樣無妨嗎？」

「當然無妨。我也想聽一次現代魔術科君主上的課。」

橙子將手放在胸口，以輕鬆的姿勢催促道。

3

「哈哈，沒想到會遇見那位冠位人偶師。」

我也忍不住面露苦笑。

唯獨那名女子實在讓我覺得棘手，她行動的邏輯與我差異太大了。若是純粹衷心追求根源的魔術師，還有駕馭之道，然而我難以理解她的慾望。老實說，我正在慶幸自己沒被分到另一組。

「所以要解釋迷宮的情況嗎？是有這個必要……總之，路徑(Path)似乎很順暢，真是好極了。兄長相當靈巧啊，這不是很像阿特拉斯院的分割思考嗎？」

我的本意是要慰勞他，兄長卻神情複雜地注視著我。

「……不必刻意稱讚我。我並非啟動了數個人格，這只是將我自身的思考並列化，與阿特拉斯院的分割思考截然不同。大致上，即使思考或行動變得有些草率，肯尼斯教授精心製作的月靈髓液也會加以修正。就算是一般人來操作，只要習慣了就能辦到。」

唉，當然正是如他所說。

若是曾在格蕾故鄉遇見的阿特拉斯院院長翠皮亞・艾爾多那・阿特拉希雅——喔喔，

光是想到這名字就令人發寒！——包含人格構築在內，應該能輕鬆地將思考分割成七塊左右。正因為如此，他才能說出如同局部未來視般的發言。

這次我要兄長去做的，是以當時的體驗為基礎，試著製造出常規外的使魔。不，如果有人吐槽，我這麼做是不是覺得把兄長變成兩個，欺負起來更有成就感，我會有點難以回答就是了。

說到此處，慣性帶來的輕微力道傳來。

馬車停住了。

在圓形的車窗外可以看見作為此行目的地的宅邸。這次的見面地點是巴爾耶雷塔的別邸之一。整齊排開的僕人們在宅邸入口處準備迎接我們。

「好了，我們這邊也要在冠位決議前開會，與人事先疏通了。」

我悠然抬起手臂。

當然，這是為了讓兄長護送我下車。

兄長不情願地牽起我的手，我們一起下了馬車，由巴爾耶雷塔的僕人們帶著走進宅邸，看到一張熟面孔在接待室的沙發上等候我們。

「梅爾文。」

「嗨，摯友！辛苦你們遠道前來！我想比巴爾耶雷塔閣下更早見到你，所以在這裡等著呢！」

梅爾文．韋恩斯。自稱兄長的摯友，人渣榜排名第一名的人物。

梅爾文還是老樣子，掛著開朗又可疑，只有一張臉長得帥的笑容迎接我們。因為他老是吐血，我覺得他差不多是時候去死了，他卻遲遲不肯走向人生終點。不，如果他現在死了，我們會因為失去治療源流刻印的方法而陷入困境，但我會不時偷偷這樣祈禱也無可奈何吧？

「你是時候去死一死了吧？」

啊，我將想法說了出來。

「哈哈哈，你這位妹妹今天講話也特別難聽啊！妳這一面有點像媽媽，不過舉止的優雅可是一點也不像噗喔喔喔喔喔！」

不需要我動手懲罰，調律師就附和似的開始吐血。我從他身旁閃開。

當我忍耐著想直接狠狠地踩在他頭上的衝動時，梅爾文以手帕捂住嘴，揚起眼珠子詢問：

「哎呀，反應好冷淡，我的摯友韋佛怎麼了？你可以擔心我喔。好了好了，寫一首詩來歌頌這段比任何珠寶都更高貴美麗的關係吧。乾脆直接陪我去我家經營的醫院看病也可以喔！」

「沒怎麼了啊……還有，希望你別若無其事地捏造什麼美麗的關係這種話。」

「不不，這不是自然之理嗎！這是從百萬年前起註定的事實，從九年半前起確定的真相！啊啊韋佛，事到如今還必須要我說出這些，你讓我好傷心！」

自稱摯友以誇張的動作熱烈表達巨大的衝擊與悲痛多麼令他險些死去，我的兄長一臉厭惡地遠離他——

「……我正在講課。」

他面有難色地抿緊嘴唇。

4

老師輕盈地跳到桌子上。

像這樣一看，迷你老師的體能好像比原本的老師好。大概是負責大部分運算作業的托利姆瑪鎢辦到的吧……雖然我也有點想看看老師費力爬上桌面的模樣。

然後，他按著同樣是水銀製的夾克的胸前部分開口：

「……在解釋之前，我先講一段課吧。」

也許是在確認尺寸，他跺了兩下腳後這麼繼續道：

「妳對迷宮有什麼看法？」

「迷宮嗎？」

在希臘神話中也很知名的故事突然浮現在腦海中。

相傳某位國王的王妃由於惹怒了神明而對公牛產生愛意，生下了公牛的孩子。為了囚禁化為牛頭人身怪物的孩子，國王命令當時的大科學家代達羅斯建造了一座無人能脫離的迷宮。

「……像米諾陶洛斯的迷宮之類的……那個，路線複雜交錯，設計成沒有人走得出去的地方。」

「是啊。在神話與傳說中出現的許多迷宮裡，最具代表性的就是囚禁那頭怪物米諾陶洛斯的迷宮。除此之外，埃及法老阿曼連罕三世興建的大迷宮與埃皮達魯斯的圓形迷宮也是這類例子。」

老師水銀製的腦袋上下點頭。

那頭長髮搖曳起來，宛如遠方的海洋。

「但是，迷陣（Maze）和迷宮（Labyrinth）本來是不同的東西。迷陣就像妳說的一樣，路線複雜交錯，還設置了許多死路，目的是讓探索者迷路。不過相對於此，本義的迷宮只有單一路線。」

「……咦？」

聽到這令人意外的說法，我的聲調不禁染上疑惑之音。

「這個差異在繪製成圖畫時十分明顯。直到約十五世紀為止，畫家們多年來描繪的形形色色迷宮圖雖然路徑蜿蜒曲折得像大腦皮質的皺褶，但畫的全都是只有單一路線的迷宮。也就是說，其目的不是讓探索者迷路，而是透過讓他們走在漫長的道路上多次改變方向，去除平常在外界的感覺。」

去除平常的感覺。

「只有單一路線也有其原因。由於沒有多餘的岔路，使得探索者自始至終都會將注意力放在迷宮最深處。去除了平常的感覺後，感覺會自然地投向自身。在迷宮中不斷前進就是漸漸潛入自己的內在。那麼，他們在迷宮最深處遇到的怪物（米諾陶洛斯），就是帶來死亡的另一個自己的身影。」

聽到老師這番話，我彷彿遭到雷擊一般，暫停了呼吸。

這是當然的反應。

「那簡直就像……我的故鄉的……」

那裡並非只有一條路線。

但在那片地下，最後等著我的正是另一個自己。她戴著面具，與我擁有相同的軀體，手持與我相同的「長槍」，還施展「長槍」作為寶具的功能，露出獠牙。

「——那個故鄉，正是對妳而言的迷宮。」

老師這麼斷言。

「然後，一旦走到迷宮最深處就必須折返。畢竟路只有一條，掉頭折返等於逐步體認進入迷宮時經歷的過去。抵達最深處時應該死過一次的探索者，一步步認識到過去，漸漸重生……換言之，迷宮並非單純的迷途，而是死與重生的通過儀式（Initiation）。」

老師的話語，如下雪一般落在我心中。

對我來說，故鄉曾是那樣的地方。不用說洞窟，我還潛入由阿特拉斯院的七大兵器重現的過去，與母親一起活著歸來。原來那是一段具有象徵性，如神話般的時光嗎？

「咿嘻嘻嘻！妳還掉了點眼淚吧！」

卡在固定裝置上的亞德小聲呢喃。這樣感覺很難為情，真希望他別提了。

老師往下道：

「隨著時代轉變，這種通過儀式的方法論被運用在宗教上，那就是稱之為教會迷宮等等，繪製在各地宗教設施地板與牆面上的迷宮。特徵在於蜿蜒曲路的環繞型式，大都為克里特型的七圈以及十一圈。此處的『十一』是偏離十誡又未達十二使徒的不完全罪惡數字，可以說是代表世俗的數字吧。」

站在桌上的老師彎腰撫摸腳邊。

他在示意。迷宮就是像那樣被刻劃在教會地板上等等地方的吧。

「教會迷宮的目的是淨化罪愆。如同設計上採用世俗之數十一所示，意圖讓探索者在作為罪愆意象的迷宮中與活在世間所承受的罪與汙穢對峙，藉由死與重生的通過儀式淨化靈魂。在這個情況中，埋伏在迷宮深處的米諾陶洛斯應該視作沉眠於每個人內心深處的撒旦之呼喚，這樣才正確吧。」

這番話很難懂，但我大概聽得明白。

大致上是指慾望、衝動之類的事物吧。人人心中都暗藏著無法吐露的諸多膚淺慾望。昔日的教會迷宮的定位即為面對這類慾望之處。

「同樣的，魔術師的心中也有一座迷宮。無論任何人都無法徹底地究明自己，正因為如此，可以從這座精神迷宮中汲取出越多事物者，越可能成為能幹的魔術師。雖然得先具備可供汲取的才能就是了。」

老師這麼說著，暗暗咬住下唇，很有他的特色。

有些人應該會說他的反應很滑稽吧。對我而言，則是感到有點悲哀。老師他是抱著怎樣的心情呢？

「——原來如此，這就是艾梅洛教室的教學嗎？」

在我身旁聆聽的橙子愉快地挑起一邊眉毛。

「非常抱歉，講的都是基礎。」

「不不，你教得很好，講解細心。我們魔術師會不慎被神祕本身所觸及，儘管當然也會學習橫亙於其後的歷史，我們往往疏於連結歷史與魔術的概念。原來如此，接受這樣的教學，即使是其他學科難以應付的學生也會成長吧。這當然因人而異，應該也有些教師會生氣，認為這非常浪費時間。」

那句話沒有任何隱藏的意圖，讓我感到恐懼。

這也難怪。因為在身居冠位的她眼中，鐘塔的高位魔術師與為欠缺才能所苦的老師是一樣的，兩者都無疑比她遜色。正因為如此，蒼崎橙子才會以明晰透徹的觀點來看老師的教學。

咳咳，清喉嚨的聲響響起。

聲音來自桌上的老師。我不認為那具身體需要咳嗽，發出聲音是想拉回我的注意力吧。當我抱著歉疚轉過頭，老師點點頭輕踏腳跟，響起金屬與木材相碰的清脆聲響。

「不過，現在談論的並非形而上的話題。鐘塔本來就有一座著名的迷宮。」

「呃，就是方才開始提到的，有生還者出來的迷宮嗎？」

我感覺話題總算進入了核心。

如同在地底徘徊許久，遠遠地望見了光亮。

可是——

「不，順序是相反的嗎？」

老師這麼訂正。

「相反的？」

「對，可以說是因為這座迷宮，鐘塔才建造在此。」

我沒有立刻聽懂那句話的意思。

我對自己不聰明的腦袋深感失望，試著重新發問：

「這是怎麼回事？」

「進入西元後，神話時代的魔術失傳了。真正的古老魔術從世界消失蹤影，在地上留下之物微不足道。」

我以前聽過這種說法。

據說從原本的魔術來看，現代的魔術就像個空殼。西元後與西元前的神話時代有著絕對的懸殊差距，無法相提並論。

因此，偽裝者令人畏懼。

來自英雄伊肯達奔馳的時代，古老的魔術師使役者。

在魔眼蒐集列車的那一戰也是，我一直抱著恐懼。一旦容許她施展哪怕一個魔術，所有人都會直接死在她手中。

「不過，在鐘塔的地下——不，在倫敦的地下，沉睡著直到現在都不可估量的巨大神祕遺骸。」

老師指向地板說道。

「遺骸指的是……」

「與地上相比，人智打造的人類版圖(Texture)在地下的影響力本就較弱。正因為如此，地下殘存著在地表已經失落之物的碎片。不過，鐘塔地下埋藏著用那種詞彙難以描述的物品。」

我總覺得老師沉著的話語背後潛藏著極為可怕的東西。

在我耳中聽來，那宛如埋藏在地下的寶藏。

「那些物品就在……那座迷宮裡……嗎？」

「對。例如龍種的牙及鱗片；例如失傳的靈石；例如琥珀裡封存的死去九頭蛇幼體，統統是如今在地上幾乎不可能取得的咒體。那座迷宮可說正是鐘塔的支柱。」

「嗯～砍殺遊戲！果然巫術是ＲＰＧ的經典！角色可以重新創建直到初期獎勵點數高

到足以馬上轉職忍者，也可以養殖數十隻惡魔，最強的魔術師得標明營業時間在房間裡等著才行！」

費拉特歡喜地擺出勝利姿勢。

我也隱約察覺到是這麼回事，不過聽到老師說出口，果然還是深受衝擊。原來如此，就像老師所說的一樣，我也能理解正因為有那樣的迷宮，鐘塔才會建造在倫敦。

不過，根本的部分依然是個謎團。

「……為什麼在倫敦的地下有那樣的迷宮？」

「…………」

老師沉默半晌。

他總是給人說起話來滔滔不絕的印象，這次卻散發出了不知該從哪裡說起的猶豫氣息。

這代表事情很難啟齒嗎？我心中這麼想著，老師在不久後緩緩地開口：

「有些人即使知道鐘塔的迷宮，也不知道這件事……有一個古老的傳說存在。」

那個詞彙沉重，也挑起了我的興趣。

鐘塔的傳說。本身生活在神祕中的魔術師們，在漫長時光裡口耳相傳的傳承，到底是怎樣的內容？

然而，傳說切入的方向出乎我的意料。

「古代曾存在一頭巨大的龍種。據說其雄偉的軀體比山巒還要龐大，每根利爪都像高塔一樣。」

「……咦？」

這就像突然聽人講起夢話一般，我不禁眨了好幾下眼睛。

地下有個迷宮……到這裡為止我都還能接受，但是為何這時候會突然冒出什麼古代與巨大的龍種之類不現實的詞彙？

「那個，老師？現在不是在談論迷宮嗎？」

「總之妳聽下去吧。這就像是鐘塔流傳的童話，不過那至少在現代留下了一定程度的形跡。啊，雖然手握神秘遺跡的妳或許也會認為這是個騙小孩的可笑故事。」

老師尷尬地清了清喉嚨，說了下去：

「許多龍種察覺到神話時代的結束，在幻想消失前轉移至了世界背面。可是……那頭巨大的龍種卻在這邊停留了很久。『他』說不定是認為像自己那麼強大的龍能不受影響，又說不定是另有別的理由。」

老師宛如火堆前的說書人般，述說著那頭龍。

老師會用「他」來稱呼龍，應該是對龍抱有某種共鳴吧。若當成這是致力於日漸消逝的神祕的魔術師本能，是否有些穿鑿附會呢？

「然而，開始迴轉的世界波動，終於使得巨大的龍種也被迫屈服。龍種接受了這裡已經是屬於人類的世界的事實，終於打算轉移到世界背面，卻錯失時機。在神祕已然變得稀薄的地上，無法開啟通往『世界背面』的孔洞。

龍為自身的傲慢發出咆哮。縱然如此，他沒有絕望，也沒有放棄。既然沒辦法以神祕轉移的話，那就改用物理方式移動。他用巨大的軀體鑽向至今還殘留著神祕的地底。」

比起講課內容，這聽起來更像個童話故事。

而且是有些悲傷的那種。

也難怪我會連想到恐龍。那些曾在這片土地上繁榮興盛，甚至恣意占領生態體系頂點的生物，卻因為太過適應那個時代而消失了。

或許，我們也和恐龍一樣。

「不過……」

老師開口。

「不過，龍種在鑽進地下的過程斷了氣。」

「後來怎麼樣了？」

「沒有怎麼樣……結果屍體完整地留在了地底，那是據說大小相當於一座山的巨大龍種屍體。之後，這具屍體被地下的震動撕成數塊，本來就巨大的龍種身軀化為了更大規模的迷宮。」

「迷……宮……」

故事終於連結到一開始的話題。

老師配合茫然發出呢喃的我繼續道：

「位於比鐘塔地下更深之處的那座大迷宮，稱作靈墓阿爾比恩。」

墓。

聽到那個詞彙，我渾身掠過一陣顫抖。在故鄉的案件中，我以為已經徹底擺脫因緣的詞彙，沒想到竟會在這種地方重返。

不過，這個故事太過荒唐無稽，教我難以光聽這些就接受。

至今為止，我曾好幾次碰到令人難以置信的遭遇。一路以來面對這種現象，我對自己也有了一點自信，但唯獨這一次，這就像給了我致命一擊。

「……那個……」

我好不容易開口。

「那個，難道意思是說，那座靈墓阿爾比恩就在我們腳下嗎？」

「我說過了吧，這就像個童話。可是，姑且不論傳承的真假，有些遺跡留到了現在。我們腳下真實存在著一座巨大的迷宮──不，稱作一個新世界也可以──那裡現在也正替鐘塔創造莫大的利益。」

老師的話在擺放藥品的房間內淡淡地響起。

雖說此處也是魔術師的工坊，但與他吐露的言語相比，這個舞臺實在太過平庸。或許正因為如此才適合。對於一定程度以上的鐘塔魔術師而言，那應該是早已熟悉的常識。

「——呵呵，實在很荒唐無稽對吧？」

原本在聆聽的橙子揚起嘴角插嘴。

「我第一次聽說時也很驚愕。存在那樣的東西，就算聲稱神祕從世間遠去也教人為難啊。」

「得知關於龍的遺骸的消息時，我也很困惑。」

史賓說出感想。

他們的想法與我相近，讓我有一點得救了的感覺。既然事情足以令他們兩個都感到驚愕，我沒辦法立刻接受也是無可奈何吧。

「我相信喔！因為那可是鐘塔耶！連富翁豪宅的地下都會出現神祕的地下城了，鐘塔沒有才奇怪不是嗎！封鎖的門扉！謎樣的保險櫃！Monster surprised you！」

「好，給我閉嘴，費拉特——如同剛才提到的，從靈墓阿爾比恩所能獲得的利益相當龐大，所以鐘塔設立了從迷宮發掘各種咒體並加以管理的專門組織，用來防止十二家中有哪一家獨占迷宮利權，獲得壓倒性優勢，是個完全獨立的營運組織。」

利權、獨占這些字眼，讓話題突然帶有了現實的味道。

簡直就像雲霄飛車。幻想氣息太強的單字與太過腳踏實地的單字宛如跳起華爾茲般，搭著手臂轉圈圈。

這弄得我頭暈目眩，我隔著兜帽輕輕按住太陽穴。

「請……請等一下。」

「怎麼了？」

「不，那個，我沒辦法好好地吸收內容……」

我坦白實情。

對於我愚笨的腦袋來說，資訊量有些過多了。而且這不是單純的數量龐大，資訊的組合特殊又複雜，我沒辦法好好加以整理。

「原來如此。」

老師點點頭。

「那麼，試著整理成圖表吧。史賓，你在課堂上也做過吧。把那張圖再畫一遍。」

「啊，我知道了。」

史賓從懷中取出鋼筆。

他先是寫下靈墓阿爾比恩的名稱，又畫出了兩個三角形相對的分布圖當作迷宮的簡圖。迷宮內部好像也分成幾層，他在用來區分的線旁依序填上了名稱。從淺層開始，依序為採掘都市、大魔術迴路、古老心臟、天文臺……等等。

最後，史賓在圖的上方寫上我剛才聽到的組織之名。

祕骸解剖局。

「這就是……靈墓阿爾比恩，以及為了發掘那個迷宮成立的組織嗎？」

「沒錯。祕骸解剖局掌管迷宮的一切。縱使是名列貴族主義派第一位的巴露忒梅蘿、民主主義派第一位的特蘭貝利奧，都不能干涉他們的指揮。在某種意義上，可說祕骸解剖局屬於鐘塔，卻又不是鐘塔。所以，即使妳在鐘塔進修了半年卻不知情，也沒什麼好責備的。」

屬於鐘塔卻又不是鐘塔。

不加入十二家任何一家，專門掌管迷宮的組織。我尚未充分理解，不過漸漸隱約地認識到了那個組織有多麼重要。

「那麼，老師……這座工坊的魔術師是靈墓阿爾比恩的生還者，這是怎麼回事呢？」

史賓寫完之後發問。

話題終於回到開頭。作為前提的解釋實在太多，甚至讓我有種走完一趟長途旅行的感覺。我不禁大大地嘆了口氣。

鐘塔的大迷宮──靈墓阿爾比恩。

依照橙子的證言，哈特雷斯的弟子們都是那座迷宮的生還者。

那件事到底會連接到什麼樣的真相？

我吞了口口水。

然而，桌上的老師在此時發出沉吟。

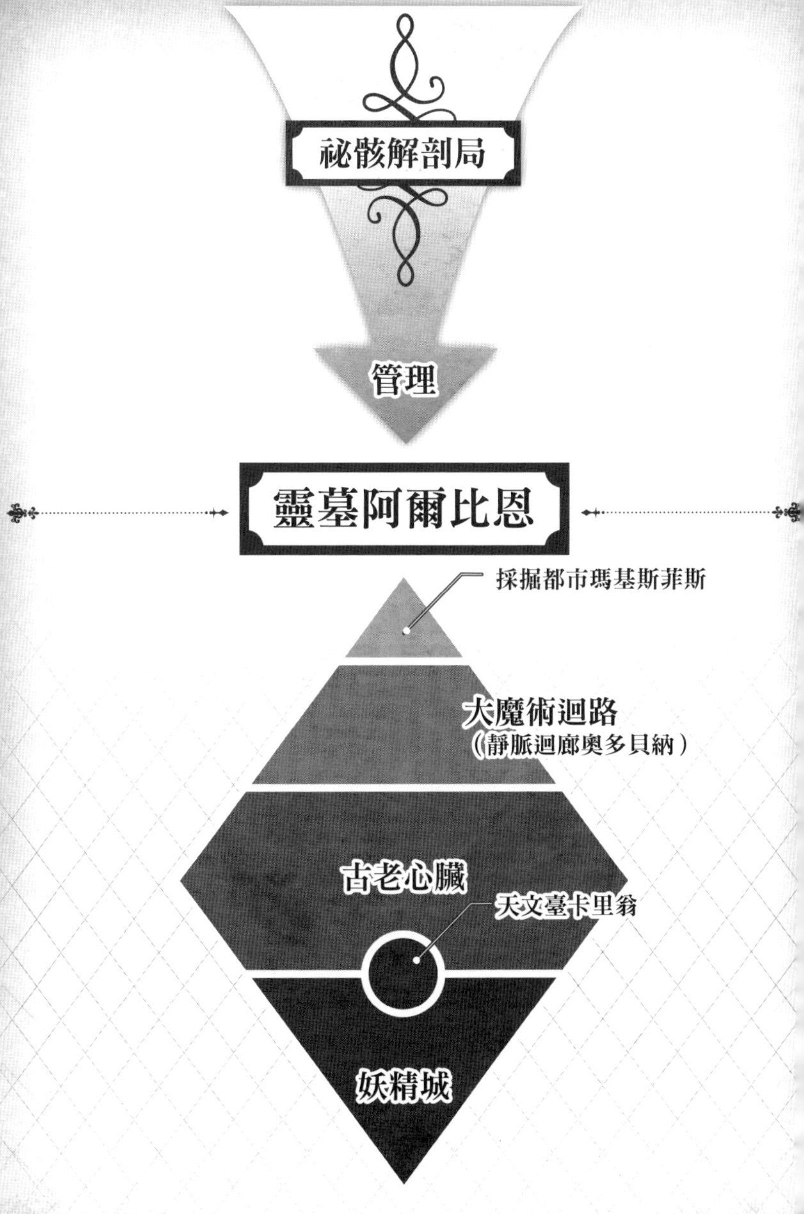
祕骸解剖局
管理
靈墓阿爾比恩
採掘都市瑪基斯菲斯
大魔術迴路
（靜脈迴廊奧多貝納）
古老心臟
天文臺卡里翁
妖精城

「老師？」

「不好意思，看樣子那邊也準備好了，我要專注一下那邊。」

水銀製的縮小版老師就此變得面無表情，像電力耗盡的機器人般沉默。

5

「……課上完了嗎？」

我這麼詢問，兄長不服氣地揚起目光。

他的臉色不太好看，代表他先前的注意力都集中在另一邊的身體上吧。

這類似於暈車，容易在與遠距離的使魔交換主要五感時發生。當然，有一定實力的魔術師都很習慣這種情況，但我的兄長不可能有能鍛鍊出這種抗性的經驗。

「還沒結束，但巴爾耶雷塔既然準備完畢了，我就不得不回到這邊吧。」

「你好像很忙耶，韋佛。」

梅爾文厚臉皮地說。

當然，通知我們巴爾耶雷塔準備妥當，搖晃兄長身軀的人就是他。他沒有表現出半點等待人從暈使魔的症狀中恢復這種值得讚許的舉動——

「來，走吧。」

梅爾文揚起形狀姣好的下巴，邁步走向宅邸的走廊。

我望著他的動作，問依然蹲著不動的兄長：

「不要緊吧，我的兄長？」
「當然沒問題。妳也不會等我吧？」
「呵呵，我不希望自己重視的兄長逞強喔，因為我可是只有一點點喜歡看別人痛苦表情的可愛義妹喔。」
「……妳如果還想珍惜朋友，就早點改掉那種性格。」
「嗯唔。」
他學會了多餘的反擊。基本上，兄長明明是最清楚這種性格並非事到如今還改得掉的人啊。
吞下那些抱怨，我們也和托利姆瑪鎢一起跟在梅爾文後面。
走廊牆壁上掛著各式各樣的繪畫。
其中有幾幅是連我也知道的名畫，清清楚楚地誇耀著宅邸主人的權勢。這些當然統統是真品，不愧是統治創造科的家族。巴爾耶雷塔鍾愛藝術，也經營著數間美術館，展示品毫無暴發戶的不自然感，畫作的派別與排列方式反倒還像在考驗我們的審美眼光，真令人討厭。這次展示了盧梭的作品等等，展設的重點應該放在巴比松畫派到印象派吧。
不久之後，梅爾文在一道特別氣派的門扉附近停下腳步，回過頭來。
「對了，韋佛。」
「幹什麼？」

「我想你當然知道，大多數民主主義成員總是想排除掉艾梅洛派這個不確定因素。畢竟是十二家中的第十二位，這時候毀掉也不會造成太大的問題。」

他一臉若無其事的樣子，對著危在旦夕的家族的君主笑咪咪地說：

「只是，巴爾耶雷塔另當別論，畢竟巴爾耶雷塔閣下很中意你。」

「…………」

對我而言，梅爾文的發言也相當沉重。

因為受到他人青睞並非只有好處。好歹屬於貴族主義的艾梅洛的君主，卻得到民主主義的巴爾耶雷塔君主偏愛，這不可能是什麼好聽話。艾梅洛本來就被同盟的貴族主義派鄙視，這種情況反倒像是一觸即發的炸彈……當然，巴爾耶雷塔是在十分清楚那種事的前提之下提出邀約，梅爾文也愉快地找我們攀談，雙方的性格都好得跟我不相上下呢。

兄長一直面有難色，按住胃部附近反問：

「你想說的不是那種人盡皆知的事情吧。」

「嗯，當然不是。不過你走在鋼絲上，也陷入走不通的困境了吧？不被貴族主義接納，但又不屈從於民主主義或中立主義，這種自力更生的地位本來就支撐不了多久。多虧這樣，媽媽從前陣子起也開始留心了。」

「令堂嗎？」

「對對對。所以，我出賣了你們。」

「……啊？」

「你在說什麼，你這個人渣！」

忍不住有所反應的是我。

我覺得他是將人類的卑鄙無恥之精髓用汙泥熬煮成形的傢伙，但沒想到他竟然會出賣兄長。

相對的，人渣誇張地聳了聳肩。

「哈哈，放心吧。我出賣的不只是你這位摯友的籌碼，我這顆腦袋也徹底壓上去賭嘍。咳噗！」

梅爾文輕輕一陣嗆咳，摀著嘴的手帕再度染紅。

隨著那個信號，僕人推開門扉。

寬敞的接待室裡擺放著相稱的紫檀木長桌。屋主坐在其中一個座位上，揚起布滿皺紋的手。

「嗨，艾梅洛家的小子。」

「久疏問候，巴爾耶雷塔閣下。」

「喂喂，你這話是在說自己的時間感跟老人可不一樣，打算挖苦我嗎？才幾個月沒見吧？」

老婦人——依諾萊生動地眨了眨眼。

她的手邊放著菸灰缸，手指夾著香菸。從在室內擴散的香味判斷，那應該是草本菸吧。

不過，有問題的對象在更後方。

與依諾萊在同一側的長桌位置上，坐著另一名人物。我的腦海一瞬間變得一片空白，兄長倏然瞪大雙眼。

「……沒想到連你也蒞臨了。」

「哈哈哈，巴爾耶雷塔閣下經常向我談起你們，所以我厚著臉皮請梅爾文居中介紹了。」

那是一名肌肉結實的男子。

從外表所能想像到的年齡大約是四十五到五十歲。不過，對魔術師而言，從容貌推測出的年齡不怎麼可信。他穿著的西裝無疑是完全手工的訂製品，高級布料漂亮地貼合男子肩膀及背部隆起的線條。

這次使我們啞口無言的，是其他理由。

「……麥格達納·特蘭貝利奧·艾略特。」

兄長勉強喚出對方的名字。

沒錯。

是特蘭貝利奧。

（……民主主義派第一位——特蘭貝利奧的君主竟然在這裡……！）

剎那間，我的喉嚨發乾。

✦ 第三章 ✦

1

貴族主義派第一位——巴露忒梅蘿。

民主主義派第一位——特蘭貝利奧。

如果要問在鐘塔握有最大權力的組織是哪一個，應該就是這兩者其中之一吧。當然，自創立起就繁榮昌盛的傳承科布里希桑，與中立主義的領導者梅爾阿斯提亞也各有長處。不過，說起這兩派在極為單純的權勢上是否凌駕於前面兩派的話，答案是否定的。

特蘭貝利奧。

可以決定魔術協會「走向」的三大派閥頂點之一，三大貴族的其中一方。在學科中也統治著第一科——全體基礎（密斯堤爾），堅如磐石的鐘塔重鎮。

其君主——麥格達納・特蘭貝利奧・艾略特，就坐在我們眼前。

「梅爾文，也謝謝你接受我任性的要求。」

壯漢（麥格達納）親切地向他露出笑容。

那個笑顏相當爽朗，很適合政治家。如果出現在電視廣告等場面，那一口白牙很可能會炫耀似的閃閃發光。由於他的存在感太強，巴爾耶雷塔時髦的接待室的比例尺感覺彷彿出了問題。

「不不，既然是媽媽和麥格達納先生雙方的希望，我可沒辦法拒絕。對我的摯友而言，這應該也不是壞事。對嗎，韋佛？」

「那是當然，有幸見面實在光榮。」

兄長嚴肅地低頭致意，我也用最有禮貌的態度掂起裙襬，一隻腳向斜後方收起，行屈膝禮（Curtsey）。被家庭教師狠狠訓練出來的禮儀無視我的精神狀態，這次也做出了準確的動作。

「我是萊涅絲・艾梅洛・亞奇索特，跟隨兄長一起前來參加。不上檯面，還請原諒。」

「哈哈哈，你們都放輕鬆點。根據我所聽說，你們跟阿特拉斯院的院長建立了友誼？事到如今，怎麼會為了我這區區一介君主感到緊張。」

（真敢講。）

光是忍住不將不愉快擺在臉上，就耗費了我一番力氣。

的確，單論立場的話，阿特拉斯院的院長與鐘塔的首領並稱。特蘭貝利奧閣下——麥格達納的位置大約算是其下屬。

不過，那並非在現實社會中的位置。

試著想想看。

不管有多大的權威，阿特拉斯院只不過是與鐘塔關係不深的另一個組織。

相對的，特蘭貝利奧等於我們的直屬上司。在這個情況下，準確說來麥格達納應該是對立派閥的首長。無論如何，對方可是一時興起就能毀掉整個艾梅洛派的掌權者。這樣的人刻意找我們過來，面對他們時不可能不緊張。

（……至於另一點。）

至於另一點，剛才那番話是在提醒我們「我也知道關於阿特拉斯院的事」。

他藉此略為透露出——自己掌握了多少「情報」這項武器。

麥格達納順勢低頭將兄長從頭到腳瞄了一眼，開朗地說：

「不過，你還是穿著輕裝呢。」

話中的意思與字面上略有不同。兄長穿著大衣與看起來很溫暖的圍巾，在冬季的倫敦活動也沒有問題，挑選的都是在還算正式的場合也通用的單品。

他指的是作為魔術師的裝備。

若是君主及同等的魔術師，隨時都會備妥多件禮裝，保護自己避開靈力、物理上的危險。因為作為身居高位的魔術師，幾乎等於無論何時被什麼人襲擊也不足為奇。還有魔術師因為實在攜帶了太多強大的禮裝，得到了隻身就可以跟要塞媲美的評價。

當然，兄長應該起碼也有帶著一兩樣連我也不知情的禮裝，但看在鐘塔重鎮的眼中，的確是一身難以想像的輕裝。

「因為在如各位一般的一流人物面前，即使賣弄小技倆也於事無補。」

「哈哈哈。就算是如此，你就要拿著玩具手槍走到獅群前嗎？我也想知道那份自信是從何而來。如果行得通，就讓我效仿吧。」

麥格達納眼神閃耀著光輝，這麼讚賞道。

棘手的是，這番話有一半是認真的。

鐘塔是陰謀的巢穴，不管任何時候都布滿錯綜複雜的權謀術數，人人都急不可耐地等著看怎樣的蠢蛋會掉進陷阱。

然而可怕的是——其中並非沒有善意與敬意存在。正因為連人們的親愛之情與對魔術的熱情都被吸收作為陰謀與權力劇的糧食，鐘塔之夜才會恆久延續下去。

更何況是君主。

更何況是特蘭貝利奧。

面對幾乎應該稱作現代鐘塔象徵的人物，我輕輕地吸了口氣。

（……因為我也是其中的一分子。）

不管願意與否，那件事都促使我去思考。

打從出生開始，萊涅絲．艾梅洛．亞奇索特就被列入這種陰謀劇的登場角色中了。按照我的身世，本來不是會早早退場，就是被家族當成無用之人閒置於角落一生。能走到這個地方，我有自信是依靠幾分幸運與才幹辦到的……但唯獨這一次，對手太難纏了。

從他剛才提到阿特拉斯院之事來判斷，會繼續爆出怎樣的醜聞不言而喻。老實說，兄長作為君主無比清白，相對的，我卻有黑到底的自信。豈止硬要找總是找得出問題而已，我做過的虧心事根本隨便一查就多不勝數。

當然，我自認有徹底做好隱蔽工作，但那對於特蘭貝利奧管用嗎……如果不管用，究竟該用什麼方法挺過這一關？視情況而定，把在這裡轉投民主主義派也納入考慮比較好嗎？不，那麼做的話，我至今持續在政治上安排的部署，可能會反過來攻擊我……

「……女士，冷靜點。」

兄長這麼呢喃。

明明直到方才為止還難看地驚慌失措，現在，他的眼神卻蘊含了無人能熄滅的光芒。

（……真是的，看來兄長越是處於劣勢越是適應呢。）

我也不由得傻眼。

那股毅力簡直就像下水道的老鼠。反正，只要對上一流魔術師，不管跟誰戰鬥當然都會喪命。既然如此，碰到強大的對手時，他似乎反倒更加處變不驚。

我輕輕聳肩，同樣小聲地回應：

「……我一直很冷靜。要玩陰謀詭計我隨時都狀態絕佳，包在我身上。」

「……當然要靠妳了。單憑我一個人，馬上就會連同學生們一起溺斃。這條性命只能託付給妳。」

沒有說甜言蜜語的意圖就講出這種話，到底在搞什麼啊？你要做好覺悟，遲早會有學生從背後給你一刀喔，我親愛的兄長。

兄長坐在僕人拉開的椅子上，臉上擺出面對外人時的笑容。

「不過，這麼看來，此處就像冠位決議的議場呢。」

「不不，事先歸納意見是必要的吧？如果會議原地打轉沒有進展，就太可惜了。所謂時間就是金錢（Time is money）。請務必讓我聽聽極受新世代歡迎的艾梅洛閣下的意見。」

麥格達納靈巧地閉起一隻眼睛，悠然張開雙手。

「那麼，剛才那句話代表你已經掌握舉行冠位決議的消息了。消息真是靈通，正式的通知應該在不久之後才會發出。嗯，你們的情報管道實在令人感興趣。」

「特蘭貝利奧閣下。」

聲音從附近的椅子上傳來。

「開場白講得太多，話題沒有進展，這意思是叫我早點回去嗎？這樣還說時間就是金錢，聽了教人傻眼啊。」

「啊，不好意思。我忍不住太過興奮了。而且今天說好要一邊用餐一邊慢慢談，閒聊一會兒也還好吧？」

壯漢像頭獅子般快活地笑了。

他直接向僕人示意，面向我們說明：

「如同我剛才所說的，今天我任性地帶著廚師一起來訪了。總之，我們就邊吃邊慢慢聊吧。巴爾耶雷塔閣下的胃口也還是一樣好吧？」

「因為菜餚是由現代產出的美之一。若我食量減退，就退休不當魔術師了。」

「哈哈哈，要是可靠的搭檔離開，我可受不了。」

麥格達納用沉穩與認真交織的口吻說道，聳聳肩膀。

兩名君主的目光盯著入座的兄長與我。

另外，梅爾文彷彿把我們帶來此處後就達成了任務一般，拘謹地坐在長桌邊。

（……手上的牌還不夠。）

雖然避免了甚至連冠位決議都不知情這種最糟糕的第一步發生，接下來局勢又將會如何展開？

我們掌握到的消息只有三項。

哈特雷斯以某種形式涉入的可能性很高。

哈特雷斯的弟子接連失蹤。

以及，根據蒼崎橙子的發言，那些弟子都是鐘塔地下的大迷宮——靈墓阿爾比恩的生還者。

（……最少還需要再有一張牌。）

一張用來當交易材料或誘餌，從對方那邊引出消息的牌。雖然只靠虛張聲勢刺探出情報並非不可能，但面對這兩個人要成功，實在困難。

「萊涅絲。」

兄長低語。

「我要在另一邊收集資訊，同時在這邊開會。」

同時，我感覺到兄長雙眼的注意力微微下降。

如果一邊在這頭的餐桌上進行最低限度的對話，一邊在另一頭的現場收集細節資訊，就算有托利姆瑪鎢輔助，兄長的大腦也會被逼迫到幾乎燒焦的地步吧。

「……唉，教人傷腦筋的兄長。」

當我喃喃自語時，心中不知為何湧現一股鬥志。

在確認了僕人正端著香檳走來的同時，我下定決心要盡可能爭取時間（奮力掙扎）。

2

我們在哈特雷斯弟子的工坊裡分別展開調查。

費拉特好像隱約明白了橙子所說的——不與工坊敵對的做法。他自個兒隨聲附和著「啊～原來如此，是這麼回事嗎！」之類的話，同時跟史賓一起到處查看。

橙子悠閒地喝著咖啡，偶爾回答我的發問。我想，在魔術師眼中，那都是些無聊的基礎問題，從她還是願意認真回答這一點來看，她在個性上說不定和老師有著相似的一面。

「換言之，靈墓阿爾比恩對於某種魔術師而言是最後的機會。」

橙子訴說著。

「就算是新世代，只要取得大量珍貴的咒體，就有可能突然竄起。在政治方面當然是如此，而若可以盡情使用咒體，即使魔術迴路遜色幾分，或許也可以在新術式的研究上做出成果。

但是，祕骸解剖局並不會輕易放人進出迷宮，因為發掘出的咒體一不留心被走私到外面的風險也會增加。因此，若非得到特別許可者或內部組織的工作人員，一旦進入迷宮就難以離開，畢竟在靈墓阿爾比恩裡，連供人在此生活的採掘都市都建設完善。唉，雖然那等於現代魔術師的奴隸制度啦。」

舉例來說，那就類似於淘金熱時代的淘金客。

當時有高達三十幾萬人聽說當地能挖到金礦的傳聞，聚集到了新大陸的加州。然而，我同時也回想起，在淘金熱時最賺錢的，據說是銷售十字鎬等工具給他們的商人。

「所謂生還者，是那些在靈墓阿爾比恩發掘咒體，得以離開迷宮回到地上之人的總稱。無論是正規結束任期者，還是付錢縮短任期者，都只有極少數。」

「這間工坊的魔術師也是那樣嗎？」

「對，他是付錢縮短任期的那種。他出來以後，應該和鐘塔保持了距離，畢竟也不是都身在倫敦就非得過去問候不可。不過，我絕不願意過那種拘束的生活……喔。」

橙子的目光投向桌子。

呼！水銀製的老師復甦，東張西望地環顧四周。

「老師。」

「哎呀，那什麼會議的狀況好轉了嗎？」

面對橙子的問題，迷你老師皺起眉頭。連這樣一個表情都能仔細地重現，這應該要讚賞托利姆瑪鎢的演算能力嗎？

「完全沒有。但是，情況變得有必要同時聽這邊的消息。非常抱歉，方便借用妳一點時間嗎？」

「看來你相當忙碌啊。到底想問什麼呢？」

橙子興致十足地探出身子。

「首先，妳說哈特雷斯的弟子都是生還者，這是怎麼回事？」

「這個嘛，我也是看到你的名單，才確信他們都是生還者。只是，我聽說過關於剩下兩人的消息。我記得他們在潛入迷宮的時候好像同隊吧？」

「同隊……」

看到老師急切的表情，我要自己別發問。

但是，我隱約理解了那個意思。正如字面上的意思，那指的是為了發掘而組成的隊伍吧。如果哈特雷斯的弟子們從前在靈墓阿爾比恩曾組隊發掘咒體，我不認為這是巧合。

不過，其中具有什麼樣的意義？

「這裡的瓶罐中也有幾個放著在地上很少見的物品。」

老師從桌上瞪視擺放在架上的瓶罐。

各式各樣的物體浸泡在裡頭，有呈尖牙狀的化石，也有我不曾見過的發光結晶等等。即使我不清楚詳情，也的確從那些瓶罐感應到了非同小可的魔力氣息。

橙子也輕輕頷首。

「唉，首先，那些無庸置疑是從迷宮（阿爾比恩）帶出來的東西吧……唔，那麼一來有些可疑啊。雖然可以買下自己發掘的咒體，但那麼做需要一大筆錢。要同時購買咒體與縮短任期很困難吧？」

橙子喃喃地說，老師停頓一會兒後，推斷出結論。

「……這代表靈墓阿爾比恩有可能發生了走私？哈特雷斯也有可能獲得了走私管道？」

「原來如此，這個假設很有意思。儘管他並非君主，作為主要的學科發生貪汙案也實在有趣。不如說，現任的現代魔術科君主當著我的面談論這種事情好嗎？」

「反正妳馬上會得出那樣的推論吧。」

「哈哈，原來如此，說得有理。話雖如此，過於果斷會引發某些人的警惕，這件事還有待商榷吧？你是不是有為求成果太愛往前衝的傾向？」

「……因為像我這種凡人，若不果斷地往前衝，就追趕不上。」

追趕不上誰呢？

老師絕不會說出口，我卻覺得這句臺詞露骨地坦露了他的心聲。

就在此時。

輕微的爆炸聲突然傳來。

「費拉特！史賓！」

老師猛然回頭。

為了解放亞德，我也迅速碰觸右肩的固定裝置。

一陣濃煙從後方的房間門後冒了出來。

「——啊，教授！我成功駭入工坊了！」

臉上沾著煤灰的費拉特現身，像海軍般俐落地敬禮。

「你啊！我交代過不准擅自做這種事吧！」

「不，你瞧，因為狗狗吸吸鼻子，說這附近大概是工坊的中心，我就忍不住了嘛！」

「等等，費拉特！我明明給出忠告要你別碰那裡，別斷章取義把錯推到我頭上！應該說，不准叫我狗狗！」

咳個不停的史賓從他背後出現，這麼抗議。

「看到眼前放著好玩的益智遊戲，當然會想試著解開吧！追蹤烙印在牆上的術式影子很有趣，我就想嘗試看看……啊，不過，看來有人早一步駭入了這間工坊，結果，我只是觸及中樞術式，它就自己瓦解了。」

「……有人早一步駭入了這裡？」

老師的口氣變得緊繃，橙子微微瞇起眼眸。

她抬了抬線條優美的下巴詢問：

「術式的影子是怎麼回事？」

「是！這個嘛，我觀察狗狗所說的地方，看到牆上等等地方烙印著術式的痕跡，就追蹤上去。妳瞧，有種東西叫光影藝術吧？用燈光照射扭出造型的鐵絲，讓影子呈現出狗或蘋果形狀等等的那種。因為橙子小姐妳說一看就知道工坊的禁忌是什麼，我心想或許是那種類似影子的玩意兒，就動手一試，結果很順利！」

「……啊，少年，你是那種類型嗎？我本來以為你屬於不用設計圖就能直接做出人偶的類型，原來是看著人偶就能反推出設計圖的類型啊？」

橙子半是理解半是傻眼地聳肩。

雖然費拉特的解釋模糊不清，她卻似乎可以充分理解。同時，老師一臉不高興地撇了撇可愛的嘴唇。

然後，費拉特這麼繼續道：

「然後，那個術式在組成上的傾向，我曾在小格蕾的故鄉看過。說歸這麼說，我是透過翠皮亞先生的水晶球看到的就是了。」

老師水銀構成的眉毛動了動。

「格蕾的故鄉？難道你是指那間小屋裡的……」

「是的，術式在組成上的傾向與哈特雷斯先生的術式一樣。」

「哈特雷斯駭入了弟子的工坊？」

這是怎麼一回事？

會和失蹤事件有什麼關聯嗎？

我還來不及深入思考，老師就碰觸太陽穴。

「抱歉，麥格達納在問我問題。我要暫時專注在會議上。」

＊

菜餚流暢地依序擺在我們面前的餐桌上。

首先從餐前酒開始。

就算記不得侍酒師介紹的品牌，香檳的芳香與入喉的口感也不會有所改變。

我們享受口中的美酒時，色彩繽紛的開胃小點（Amuse）端上了桌。以看起來添加了蔬菜泥的雙色醬汁為基調的迷你馬卡龍風料理排列開來。麵餅之間夾著魚子醬及奶油等佐料，每個的色彩都經過考慮，好讓我們在視覺上不會厭倦。

「這就是當代英國菜嗎？」

「是的。聽說這道菜要用手掂起來吃，希望大家大口享用。」

麥格達納落落大方地笑著說，我依言掂起馬卡龍送到嘴邊。那酥脆口感與裡頭滋味的美妙融合讓我不禁咋舌。

儘管統稱英國菜，也包含了各種類型。

畢竟英國曾是世界第一的海洋帝國。無論印度菜也好，中國菜也好，無數種菜色傾注於英國菜中，也會再依照本地人的喜好加以重組。雖然曾遭批評，但近來英國料理就像要洗刷汙名般，大膽地納入了法國和西班牙一帶的烹飪技巧，以現代英國菜之名嶄露頭角。

總而言之，特蘭貝利奧閣下的菜單意圖隨著這段歷史一同展現自身的思想。

（該怎麼說，這是開午餐會議的美式作風啊。）

貴族主義的尤利菲斯閣下要是看到，想必會滿臉不快吧。

不過，這同時也正是民主主義派衝勁的來源。只要方法更加合理、更有效率，就坦然地吸收採用。他們的目標是引導社會進一步邁向繁榮，他們不會吝惜去做達成目標需要做的事，這是他們的行動方針。

原來如此，人們會認為現代魔術科比起貴族主義更接近民主主義也是當然。

（……不過，這與兄長的做法有點不同。）

雖然沒辦法好好地用言語描述，我卻有種兩者似同實異的印象。就像魚和鯨魚，昆蟲和蜘蛛，雖然我不知道哪一方是哪一方。

「對了，麥格達納卿也熟習舞蹈吧？」

我忽然想起這一點，試著發問。

「嗯？是啊，大略上學過。如果不能陪所有妻女跳舞，那很失禮吧？」

「記得你現在有五名妻子？」

「不，上個月又多加了一人，是六名。女兒則有十三名。多虧這樣，我忙碌極了。因為我必須盡可能依照她們的姿態來愛她們。」

他的家庭組成就是這麼無視法律。雖然我有想過繼承人問題要怎麼辦，但特蘭貝利奧應該有屬於特蘭貝利奧的做法。

總而言之，我將話題牽扯到社交圈，繼續談下去。

既然要兄長優先進行現場調查，我必須盡可能將他從談話中區隔開來，次要目的則是問出關於冠位決議的情報。不過，這麼做很有可能不小心打草驚蛇。

在我喝光香檳時，上了下一道菜。

僕人端上起司與麵包，再來是前菜。

這道菜以用甲殼類的外殼熬製的濃湯當醬料，以海鮮為主體，在瓷盤上擺出了花卉般的圖案。

我放上舌面緩緩咬開，幸福感在口腔裡炸裂開來。

從餐前酒和開胃小點鮮明華麗的滋味，轉向一口氣令人著迷的濃郁口感，手法巧妙得教人討厭，可以從中窺見他特地帶來的大廚廚藝。

麥格達納用餐刀切著自己盤中的料理開口：

「對了，我有件事想問問艾梅洛閣下。」

「……可以的話，請在稱呼後加上II世。」

兄長加上一如往常的註釋。

不過，他的口吻有些無精打采。

光是同時活動這一邊與另一邊的身體，兄長的大腦應該就快燒燬了。那相當於右手一邊解著智慧環，一邊試圖用左手畫油畫。如果能將更多演算作業交給魔術迴路處理就好了。不過，他要是有這種才能，也不會那麼辛苦。

「當然無妨。那麼艾梅洛閣下II世，你在率領現代魔術科上，是否設立了新方針呢？」

麥格達納將話題指名拋給兄長，這情況我實在無法插話。兄長輕輕地放下叉子，抬起目光，動作感覺有些遲鈍。

「與從前並無改變。我想將自己能力範圍內可以教導學生們的知識都傳達給他們。當然，我遠遠比不上吾師就是。」

「哦哦，你的老師肯尼斯徹底地秉持貴族主義，這代表你無意改變將魔術傳授給獲選之人這個基本方針，而不是使魔術更面向大眾？」

「……怎麼說呢，我不能否定從結果而言會是如此的可能性。」

「唔。雖然我是想以更傳統的做法進行呢。」

麥格達納在這方面的看法是典型的鐘塔觀點。

相對於貴族主義專注於遴選出少數菁英的理論，民主主義是不斷吸收有益之物的實力主義——說歸這麼說，兩者也並非完全隔絕。

到頭來，既然只有具備優秀魔術迴路的人才能操縱魔術，將魔術開放化這種概念就不可能實現。不管兄長是多麼優秀的教師，也難以推翻這個道理。

而且，即使是位於民主主義派第一位的特蘭貝利奥，也並不是想不加區別地擴展魔術範圍。

我們各自品嚐了一會兒美食……

「費拉特．厄斯克德司與史賓．格拉修葉特，是意外發現的好貨色。」

話題突然轉向了學生。

「其他講師都放棄了他們，只有你讓他們發揮了才能。雖然兩個人的走向各不相同……倒不如說，你能夠讓兩個走向相差那麼大的學生同樣在現代魔術科這個地方開花結果，非常了不起。」

「哎呀，是我失禮了。」

「請別將我的學生當成物品談論。」

麥格達納吃完前菜，用餐巾擦嘴。

「不過，這同時也讓人憂慮你或許會做得更過火。費拉特與史賓很出色，他們無庸置疑會幫助魔術的歷史邁進一步。可是，發揮那種才能的場域應當有所限制。道理是——如果大量分享，神祕就會衰退。發掘出在一般魔術世界無法發掘的稀有寶石非常好，不過打磨大量的石頭加工成寶石仿製品，危害就大了些。」

哎呀，踩到一顆地雷了嗎？

麥格達納的憂慮似乎比我們預料中來得深。我在餐桌下以暗號示意兄長「應付過去」，但不知道他有沒有理解我的意思。

「……當然，我自認分得清楚魔術應有的樣貌。」

很好，兄長打安全牌回應了。既然沒有大意地許下承諾，就給他打個七十分吧。

我也感謝麥格達納沒有在談論石頭時說出具體的學生名字。因為如果他這麼做，兄長很可能會情緒激動。不，我不認為麥格達納會使用腦容量去記那種訊息就是了。

僕人收走餐盤後，麥格達納倏然切進話題。

「那麼，我就直接問吧。你贊成計畫嗎？」

3

「——什麼計畫？」

水銀製的老師手指按在太陽穴上，發出呻吟。

儘管是迷你尺寸，我也清楚地感受到了他的苦惱。倒不如說，由於現在和平常不同，可以俯瞰老師全身，那股急迫確實地觸動了我。

「哎呀，君主的午餐會議還真有意思。原來如此，特蘭貝利奧應該會這麼做吧。」

老師幾乎沒做說明，但橙子似乎充分理解了狀況。

可是，情況仍舊錯綜複雜。

特蘭貝利奧擺在老師面前的對話內容。

費拉特與史賓發現的——應該是屋主的老師的哈特雷斯駭入過這間工坊的事實。

從這當中究竟可以看出什麼？

「……哈特雷斯的弟子們曾是迷宮的生還者。」

老師不經意地呢喃。

「這是我的猜測，他們在迷宮採掘咒體時，全體同隊的可能性很高。而且，除了失蹤者以外的兩個人，在祕骸解剖局頗具影響力。他們分別在管理部門及材料部門打響了名聲，這種人物若是失蹤，我應該會立刻聽到消息才對。」

縮小的老師呆立不動，以指尖碰觸臉頰。

我想他應該是想抽雪茄，但是靠水銀組成的小型身體無法如願。

「假設哈特雷斯的行動與冠位決議有關，關聯會以什麼樣的形式出現？」

老師沉默半晌。

「……不，如果我站在麥格達納的立場……」

迷你老師的目光環顧房間。

水銀臉龐上的表情微微一變。

他指向先前那些瓶罐的其中幾個。

「史賓，你有辦法查出這些咒體十年前、五年前與最近的市價嗎？」

「……咦？啊，雖然得花點時間，但如果聯絡鐘塔……」

「那樣來不及。熟悉這方面的人是羅克老先生與夏爾單老先生，不過……」

「嗯？咒體的市價嗎？」

聽到對話，橙子揚起一邊眉毛。

「我大致上都清楚喔。畢竟一發現這一帶的咒體，我就會揮霍我妹的錢統統買下。」

計畫。他拋出了這個字眼。

也就是說，如果我們對這道消息缺乏認識，被他就此結束交流也無可奈何。這是他決定如何評價我們的第一階段。

「…………」

兄長陷入沉默數秒。

（——沒辦法嗎？）

我再等了兩秒鐘，做好覺悟。

這是個賭博。我開口插嘴：

「靈墓阿爾比恩的計畫嗎？」

「當然了，連萊涅絲小姐也聽說了嗎？」

當麥格達納點頭，我忍住想安心嘆息的衝動。

先闖過了一關。

話雖如此，這麼多訊息疊加起來，冠位決議不可能與靈墓阿爾比恩無關。這種程度的事連我的兄長應該也能明白。問題在於——在這之後要用什麼方式發展話題。

麥格達納以開朗的口吻說下去。

「計畫從相當久以前就在進行，最近終於達到足以跟你們坐下來討論的階段，教人高興極了。」

相當久以前。

最近進入了新階段。

我加快思考速度，想從中看出些什麼。不行，欠缺決定性的關鍵。我該如何引導對話才好？以我們並不知情為前提，坦率地聽就行了嗎？不，如果雙方原本地位對等還沒關係，但艾梅洛派的地位遠遜於對手，這種應對將使得我們一直處在下風。既然權威不如人，不在某個地方超越對手就無法坐上對等的位置。

兄長的嘴唇無聲地動了。

他正在現場收集什麼資訊嗎？可是，他來得及趕上與麥格達納後續的談話嗎？

我輕晃僕人重新斟滿的白酒，開口詢問：

「讓特蘭貝利奧這樣花費長期籌備，看來計畫規模相當龐大呀。」

「不不，過於高估我們可不行啊。無論巴露忒梅蘿也好，祕骸解剖局也好，都不會放我們輕易行事吧？而且在這個情況下，也有必要徵得祕儀裁示局——天文臺卡里翁的同意。」

祕儀裁示局——天文臺卡里翁。

這個測量地表傑出的魔術，挑選應封印指定的魔術師的組織，同樣既屬於鐘塔又脫離鐘塔。下令封印指定蒼崎橙子，後來又解除的組織……這麼說比較簡單易懂嗎？那個組織的總部設施也在迷宮內。

既然如此，計畫是什麼？

（……他們打算對靈墓阿爾比恩做什麼？派遣新人員？瓦解祕骸解剖局？還是重新審查封印指定？）

我還想得到幾個候選的可能，沒辦法輕易特定範圍。

在動腦思考的期間，湯送了上來。

那清澈美麗的琥珀色表面散發出刺激食慾的法式清湯香味。沒有多餘的點綴，看似簡單的湯品，只要喝一口，充滿感官享受的味道便會隨著加入湯中的少許雪莉酒風味在舌尖上擴散。

從這道菜可以看出主廚要讓客人被鮮明華麗的開胃小點、滋味濃郁的前菜撼動的舌頭一口氣回歸原狀，正得意地暗暗發笑的意圖。

「嗯，今天的湯也做得很好，希望各位也覺得滿意。」

當然，菜色的安排應該也是麥格達納的意思。

現在，美食上桌的順序就等於麥格達納發言的順序。沒有預告的登場、藉由詢問兄長的方針及現代魔術科的方針動搖我們，同時切入作為正題的所謂計畫。他正透過味覺呼籲「我們具有正當性，你們還打算反抗嗎？」。在某種意義上來說，這也很魔術。

然而，正是那個正題逼得我們走投無路，多麼苦澀的美味啊。

「…………」

我感到冷汗流過了太陽穴。

爭取時間也到了極限。

當我這麼想著，兄長挪動湯匙，喃喃地說：

「……靈墓阿爾比恩的再開發計畫嗎？」

「哦。」

麥格達納眉頭一動。

「嗯，當然是那件事。本來打算捉弄你一下，被你如此輕鬆地揭開謎底反倒痛快……雖然並未公開，但目前已經提出了阿爾比恩的再開發計畫。」

「…………！」

老實說，面對這個消息，我好不容易才維持住撲克臉。

那番話足以帶來那樣大的衝擊。

同時，這般內容也讓我感到「原來如此」。靈墓阿爾比恩是鐘塔的基礎，重新開發阿爾比恩，在某種意義上就等於改造鐘塔的計畫。那麼一來，以冠位決議來通過此一決定的行動也完全不誇張。

「我調查了可從迷宮採集到的主要咒體的市價，近十年來飆升得很高。也就是說，這自然可以解讀為迷宮的採掘量減少了吧？那麼，當然會出現以再開發來彌補產量下降的構想。」

「原來如此，說得通。你還有什麼見解嗎？」

「我聽說那座迷宮可能發生了走私。這樣的話，重新開發設施也是防止走私的有效方法。若不透過冠位決議，哪怕是特蘭貝利奧也沒辦法對靈墓阿爾比恩出手吧。」

兄長大方地打出從現場調查得到的底牌。這表現有七十分，在可以進攻時進攻是正確的做法。

麥格達納聽到之後，也喝了一口手邊的葡萄酒，點了點頭。

「嗯，走私問題從以前起就不時成為話題。考慮到靈墓阿爾比恩的結構，原則上應該不可能發生……不過，我們也並非徹底熟知那座大迷宮，無法完全否定有人在某處進行走私的可能性。」

他這麼說著，又喝了一口酒。

麥格達納宛如陶醉於美酒之中般，閉上眼睛一會兒後說：

「正因為如此，我們有必要重新審視各項設施。只要同時進行再開發作業，增加咒體本身的供給量，研究也能獲得動力。你不認為這麼做是一舉兩得嗎？」

「在歷史上，應該探討過許多次靈墓阿爾比恩的再開發案。當時的討論者是在我們前幾代的君主們，這代表從以前開始，大家都對再開發阿爾比恩的獲益有所期待吧？」

兄長也肯定那個計畫的宗旨。我也不知道有這種事，但反正兄長熱愛學習，應該也孜孜不倦地研讀了鐘塔細部的歷史吧。

「不過，每一次探討都以有可能造成迷宮資源枯竭而擱置了再開發案。迷宮本身的危險性本來就很高，而越是為了因應再開發而進入深處的未到達領域，危險性又會隨之升高。就算致力於再開發計畫，計畫是否能順利進行也難以判斷。」

我有種預感，這裡就是緊要關頭。

為什麼停止擱置計畫？

為什麼這次會下定決心，甚至還想到要舉行冠位決議？

「當然，那是因為我認為現在辦得到。不如說，現在就是最佳時機。我們保持的神祕無論如何都會隨著時代潮流漸漸衰退。聽好了，若是在這個時代，我們還保有足以去挑戰迷宮的神祕，同時鐘塔整體能夠做好準備，從地上提供充分的後援。至於下一個世代是否做得到這一點，我對此抱持著疑問。對，作為鐘塔的民主主義派，我認為這個時機正是推動靈墓阿爾比恩再開發計畫的時刻！」

正當麥格達納高聲宣言之際——

「喂喂，將剛才的說法總括成民主主義全體的方針未免太過火了吧，麥格達納？」

至今都保持沉默，身為巴爾耶雷塔頭號人物的老婦人——依諾萊插嘴。

4

按照常理，這應該算是特蘭貝利奧的失分。

因為其他人會心想「你們起碼要統整好自己人的意見」。可是，麥格達納臉上並未流露出任何焦慮與憤怒，或許那純粹是種談判技巧，但能夠如此精湛地徹底消除驚慌的反應，就無關是否為技巧了。

「真傷腦筋，我本來以為美麗的巴爾耶雷塔閣下贊成我的意見。」

「我並非反對喔，麥格達納小弟弟。」

依諾萊告誡般的說道。

她在餐點送來之後收起香菸，在手中搖晃的酒杯裡與我的一樣倒有白酒。不愧是挑選來搭配餐點的佐餐酒，白酒與湯的香味十分相襯，不僅著重酒的滋味，也很重視香味的契合度。

「只是，身為巴爾耶雷塔的首領，我希望有更多資料來判斷。對於鐘塔的方針、現代魔術師的走向而言，什麼才是正確？我們有必要毫不懈怠地確定清楚，對吧？」

「被評為怠惰，我可是受不了啊。」

麥格達納誇張地佯裝不安。身材高大、筋骨隆隆的他做起這個動作，營造出了一種奇妙的幽默氣氛。不過，那明顯是經過縝密計算的幽默。

當融洽的氣氛摻入隱隱緊張感……

「啊，媽媽告訴過我，我們家遵從巴爾耶雷塔閣下的意志。」

梅爾文輕鬆地這麼說。

這個平常話多得要命的傢伙，先前明明像已經死去一般收斂氣息，現在一開口就說出這種話。這個舉動如同對著快掀起波瀾的水面全力投擲石頭，至於結果是吉是凶呢？

麥格達納重新深深地坐進椅子裡。

「韋恩斯的首領這麼說啊。嗯，我當然了解依諾萊的意思。資料目前正在收集中。我承諾在冠位決議前會收集到足夠的資料。」

「真不愧是特蘭貝利奧閣下。」

我也抓住機會跟上。

我察覺身旁的兄長一瞬間屏住呼吸，但這時候顧不了那麼多了。既然對方願意給予承諾，不管是什麼形式都只能緊抓不放。這樣會欠依諾萊和梅爾文人情，但我們可沒有餘力選擇度過難關的方法。

「這樣的話，如同巴爾耶雷塔閣下所說的，請讓我們也先拜讀那些資料後再下判斷。若能在冠位決議上拜讀，對於其他君主而言應該也將是一份有益的材料。」

「……唉，情況理當會變成這樣嗎？」

麥格達納一臉無奈地摸摸臉頰。

「不過，這是一個契機。靈墓阿爾比恩如字面意思，是鐘塔的基礎。當那裡發生改變，我們自然也不得不有所變化。而且，如果希望發生好的變化，現在正是最佳時機。」

麥格達納的發言帶著絕不能純粹斷定為利己主義的分量。

他從剛才開始所說的那些話絕不誇張。

神祕在當下這個瞬間也正在劣化。魔術師抵達根源的可能性時時刻刻在耗損，已經小得等同於一粒芥子。要是仍想追求根源，唯一的方法是大膽地使出扭轉局勢的一招。由整個鐘塔一起推進靈墓阿爾比恩再開發計畫，這的確是深具吸引力的方案。

到下個世代，或許就不可能實現了。

這方面也正像他所說的一樣。應該沒有任何一個魔術師沒想過我們是正漸漸滅亡的種族。若能逃離滅亡的處境，我們一定連靈魂都會輕易出賣。

也許是猜到了我的想法，麥格達納悠然露出微笑。

「總而言之，這次我想通知你們這個流程。在冠位決議上才突然被告知的話，你們應該也會覺得困擾吧？」

他揮動微微生著體毛的食指，以要人領情的態度這麼說：

「冠位決議的日期應該馬上就會定案。反正每個派閥的君主都已經知情了，一週內就會定案吧。」

還有，真希望他別輕描淡寫地暴露艾梅洛（我們）資訊匱乏的事實。若沒有化野菱理洩漏消息，這次不知道得被迫做出多少讓步。可惡，屈辱也該有個限度。

「我很期待。」

依諾萊說道，仰頭喝光葡萄酒。

「希望兩位手下留情。」

我的兄長也將眉頭皺得更深，輕輕撫摸腹部一帶。從他杯中的葡萄酒完全沒有減少來看，今晚治胃痛的魔術藥分量需要加倍了吧。

接著——

「好，接下來是套餐的主菜！雖然稱不上是請各位相陪多時的謝禮，但還請務必享受這道料理。」

麥格達納粗獷地眨眨眼，大幅張開雙臂，催促僕人們端上下一道菜。

5

過了一陣子後，我們轉往宅邸的另一間房間。

那是梅爾文幫忙準備的房間。確認了室內並未設置監視魔術與機關後，我重重地癱倒在附近的沙發上。

「呼！死了！我死了！光是在會議途中大約就死過三次！可以一次建造一打萊涅絲・艾梅洛・亞奇索特之墓喔！」

不是在開玩笑，我感到全身所有的力量彷彿都被剝奪殆盡。

只要一鬆懈下來，我隨時可能死掉，每一個細胞都在吶喊，想快點重獲自由。雖然當然也有對自身心理狀態起作用的魔術，但我甚至連那點力氣都捨不得花。

在那之後，沒發生什麼值得大書特書的事件。

總之，我們展現手中掌握了同等的消息（手牌），藉此避免了被壓價收購的情況。至於評分，我給六十分。雖然不管怎麼看都是落後別人，但勉強沒考出不及格的分數。

至於那般可口的美味佳餚，什麼經過低溫調理的紅肉、以分子料理法濃縮甜味的甜點等等，都只留下輪廓就從我的腦海中揮發了。

我很想就這樣躺到死為止，但臉上依然掛著燦爛微笑的梅爾文動作優雅地迅速收起染上血跡的手帕，與我攀談。

「啊哈哈，辛苦了。萊涅絲妳也會露出那種表情啊。」

「梅爾文……」

儘管他煩人到令我打從心底感到噁心，但我甚至沒有力氣在噁心感的驅使下遷怒他。被迫參與大魔術感覺都還會比現在好一點。

取而代之的，同樣靠在椅子上的兄長用疲倦得嘶啞的聲音發問：

「梅爾文，你說你出賣了我們，是指先前麥格達納出現的事對嗎？」

「當然沒錯。我賣出了最高價對吧？來，快感謝我吧，用感激的眼淚灑滿這個房間也沒關係喔。」

「雖然有很多不滿……嗯，我向你道謝。」

他的嘆息中大約摻雜了兩成真實的感謝，而我也有同感。

實際上，要獲得確切的資訊，再也沒有比那場餐會更好的場合了。我們好幾次走在鋼絲上，承受讓人想死的疲倦及屈辱，以此換得了大量底牌，至少得以避免在冠位決議現場只有一個人聽不懂議題在談論什麼的醜態發生……希望如此。

兄長停頓了一下，向梅爾文提議：

「可以請你離開一會兒嗎？」

「唔。雖說我們是摯友，但各有立場要顧及，這也無可奈何。發生了那麼多事，你們兄妹應該也需要談談。」

在這方面，就算是梅爾文——不如說，正是梅爾文出生成長的環境讓他切身體會到了立場的重要性。

目送他迅速轉身走出房間後，兄長以疲倦的聲調呼喚我。

「萊涅絲，妳明白狀況吧。」

我也動作緩慢地坐起身開口：

「……嗯。雖然民主主義派找我們過來的目的本身與預測的相同。」

他們的目的正是我跟兄長談論過，最有力的可能性——為了替冠位決議做準備，意圖拉攏我們。

只是，發展到那一步的原因與思考則截然不同。

靈墓阿爾比恩的再開發計畫。

原來如此，民主主義派也不得不認真對待了。難怪那位麥格達納會採取行動，企圖拉攏至今除了巴爾耶雷塔閣下以外人人都視若無睹的我們。

「更重要的是……若把與哈特雷斯之間的事連結起來考慮……」

兄長說到一半，抿起嘴唇。

陰鬱皺起的眉很符合我的喜好，但其中含意也同時絞痛了我的胃。可惡，我可不想感染兄長的惡疾。

「嗯，我知道，我當然知道。雖然糟糕透頂，我想我也得到了同一個結論。」

我死心地聳了聳肩。

解體魔術是屬於兄長的個人舞臺，涉及陰謀詭計之事則是我的領域。從懂事以來就一直暴露在被暗殺的恐懼下的大腦不管多麼疲憊，腦海中也會以打為單位浮現別人可能對我們布下的陷阱。

「曾是哈特雷斯弟子的生還者的連續失蹤案、靈墓阿爾比恩的再開發計畫。這兩件事在同一時期發生，不可能完全是巧合。基本上，說到阿爾比恩的計畫，只花費一兩年很難做好事先準備，最少也要五年以上，可能的話希望有十年的準備期。而且，以前翠皮亞這麼說過……哈特雷斯說不定是你的敵人，但未必是鐘塔的敵人。」

當時是在格蕾的故鄉。

我想起翠皮亞那大概是當作協助了其工作的酬勞而提出的忠告。那句話太過露骨，當情況演變至此，看來簡直像個詛咒。

「總之，兄長你想這麼說吧？」

我繼續道。

「那個與哈特雷斯串通的共犯——沒錯，凶手就在冠位決議之中。」

我不願去思考。

然而，這個推論最說得通。

哈特雷斯是現代魔術科的前任學部長。在以前的案件中，也揭開了他曾與天體科君主馬里斯比利合作過一事。即使他這次也同樣與某位君主連手，又有什麼好不可思議的？更何況，在冠位決議這個大舞臺上不管發生任何犯罪行為，去責難罪犯才是愚蠢……啊，如果沒有這個兄長在，我也會若無其事地喝下這種程度的惡毒。

我吞下一聲嘆息。

要怎麼忍受這種看不見的敵人不斷增加的感覺才好？感覺就像體內冒出了蛆蟲，再怎麼深呼吸都難以平靜。

所以，我出於痛苦詢問兄長：

「吶，我的兄長。你認為哈特雷斯的共犯是阿爾比恩再開發計畫的贊成派？還是反對派呢？」

「資訊太少，難以判斷，對方有可能一直在進行妨礙工作。至於企圖以這場冠位決議完全切斷再開發趨勢的這種看法，也是可能的。」

「我有同感。」

無論來自內部或者外部，無論合法或者不合法，這樣的大型計畫都無法輕易阻止或推動。實際上，特蘭貝利奧就表明他至今一直謹慎地進行著布局，連對我們也沒揭露。

可是，這麼一來——

「——我們還收到了另一封信。」

兄長愁雲慘霧地說。

另一封信是來自貴族主義降靈科尤利菲斯閣下的邀請函。我本來認為他是來警告我們不許背叛，但情況發展成這樣，其意義完全為之一變。當然，那是因為尤利菲斯閣下身為哈特雷斯共犯的可能性浮出了。

就算共犯是其他君主或代理人，門第也不可能比我們艾梅洛還低。

「啊，真是糟糕透頂，我的兄長啊。」

室內緊繃的寂靜顯示了我與兄長共享的絕望有多沉重。

✦ 第四章 ✦

1

「嗚哇，老師死得好徹底！」

望見躺在沙發上的老師，走進旅館房間的伊薇特・L・雷曼才剛開口就這麼大喊。

時間來到第二天接近中午的時分。

我依照先前的做法換了旅館，與老師會合。

萊涅絲和費拉特與史賓一起外出，繼續針對哈特雷斯與冠位決議進行調查。還有，如果放著艾梅洛教室的學生們不管，很可能不慎失控，這趟出門好像也兼差了監視任務。當然，一方面也是因為若不找些事情給費拉特和史賓做，他們會比任何人都更容易失控吧。

另外，橙子愉快地聽了一陣子老師的報告後便消失蹤影，我不太清楚她是基於什麼樣的委託在行動，但總覺得這樣也很符合她的作風。

老師粗魯地伸手貼著太陽穴一帶開口：

「會議讓我有些疲倦。」

他以疲憊不堪的聲音解釋，坐起身來。

相對的，伊薇特咧嘴一笑，露出賣弄風情的眼神注視老師。

「乾脆這樣好了，我可以在床上幫助你回復精氣喔。魔術師之間透過刺激的藥物與性體驗連結魔術迴路供給精氣這種做法正流行喔，現代魔術科也務必試著引進如何？」

「玩笑開到這裡為止吧……原本委託妳的事情辦得怎麼樣了？」

「唔，老師不懂得時下魔眼女孩的心情！不過，又忠實又是間諜僱用起來很划算的小伊薇特就回答你吧！包含梅爾阿斯提亞在內的中立主義派，這次好像不會出席冠位決議。」

「……是嗎？」

她的答覆讓老師安心地嘆了口氣。

「會率先購買發掘自阿爾比恩的咒體的，原本就是資金比較寬裕的貴族主義派和民主主義派。雖然稱不上貧困組織，對於只對研究感興趣的中立主義派而言，事到如今想要得手利權的難度很高。我想過他們有八成機率會這麼做，可以證實這一點暫且也值得高興吧。」

「那麼，我來倒茶給老師和伊薇特小姐喝。」

看到老師放下了心，我也有些歡喜，回頭面向桌子。

熱茶已經在茶壺裡泡好了，接下來只需要倒入茶杯。雖然偷懶地只用了茶包泡茶，但現在情況緊急，他們應該會諒解吧。

當我為了避免不小心灑出，緩緩地斟著茶時……

「啊，我有另一件事要向老師報告。」

伊薇特補充。

「為參加第五次聖杯戰爭飛往遠東的亞托拉姆．葛列斯塔據說死了。」

我極力忍耐，才沒有讓茶壺脫手。

我仰頭，從老師背後也看得出來他的肩膀繃得很緊。

相隔數秒後——

「……是嗎？」

他隨著沉重的呼吸吐出這句話。

自雙貌塔伊澤盧瑪一案以來，直到出發前往日本為止，那位中東魔術師有事沒事就會上門炫耀禮裝和咒體。

老師曾經要他別小看聖杯戰爭，那並不是老師最大限度的忠告嗎？

不過，結果是……

「七騎使役者應該尚未齊聚。在正式的聖杯戰爭開始前就退場了嗎……那麼，他召喚的使役者也一樣？」

「雖然沒有收到報告，但我認為恐怕是消滅了。畢竟地點在遠東，我們這邊也不清楚細節。」

聽到伊薇特的話，老師臉上浮現的陰鬱之色彷彿變得更濃了。

「老師。」

「不，我有所覺悟。既然是聖杯戰爭，為他的落敗感到悲傷，無非等於為他人的死感到欣喜，那種事情我做不出。」

老師拿起擺在茶几上的雪茄。

他似乎到現在才發現火星早已熄滅，再次用火柴炙烤雪茄。平常老師總會將雪茄收進雪茄盒以免受潮，昨晚卻疲倦到甚至忘了做這件事情。

疲軟的煙霧很快地瀰漫在旅館房間裡，熟悉的味道刺激鼻腔。

「……就算如此，我還是很難過。」

「並非魔術師的妳願意這樣說，對他來說也是種救贖吧。」

老師比平常更加緊鎖眉頭，這麼說道。落在他雙眼下方的影子讓我感到悲傷。

亞托拉姆．葛列斯塔應該絕不算是個有良知的人物。

在雙貌塔伊澤盧瑪時，他就帶著大批人馬襲擊我們。無論是他傲慢的個性或自認貴族的言行舉止，都絕非眾人能接受。除了自己認同的貴族之外，他甚至不將其他人當成人類，這種性格無論在暗中做出何等殘暴的行徑都不稀奇。

儘管如此，他無疑是與老師親近的人之一。

他應該與老師分享了心中的某些部分，如果不能為此感到悲傷，那種生活方式不是太令人窒息了嗎？不會說話的雪茄煙霧感覺正滔滔不絕。當然，那樣的想像本身說不定是種傲慢的認定，但唯獨我胸中的疼痛是真實存在的。

一陣子過後，老師這次將雪茄收進了菸盒裡。他站起身。

老師一隻手撥起一頭亂髮——之後非得花費時間梳理不可吧——開口：

「差不多該走了。謝謝妳提供的消息，伊薇特。」

「咦？老師要去哪裡？」

老師猶豫了一瞬間後，也許是認為隱瞞也沒用，便告訴她：

「祕骸解剖局。對方答應會面了。」

「祕骸解剖局？阿爾比恩的？」

伊薇特吹了聲短短的口哨。

然後，她以食指抵著粉紅色的唇瓣。

「那麼老師！就當成剛剛的情報費，突然加上一個梅爾阿斯提亞派的間諜同行也不成問題吧！」

眼罩魔眼少女一派理所當然地強調。

2

像大多數的港都一般，倫敦也有唐人街。

特別是蘇活區的唐人街，據說放眼世界規模也很突出，有超過一百家中華料理餐廳。密密麻麻的中文字招牌配上獨特的紅白兩色交織的提燈，路上的行人也比平常更加多樣化。在人群中漫步一段時間，好像就會分不清自己置身於哪個國家。

從這樣的唐人街朝東北方走到查令十字路，景色會漸漸地從中式建築轉為維多利亞風格的多棟聯建住宅，然後是近代化的街景。

國家與國家、時代與時代之間的界線交織在一起，這片風景充滿了倫敦的特色。

老師繼續沿著查令十字路北上，抵達某棟建築物。

一棟巨大的鏡面大樓。

那圓柱形的未來式結構很吸引目光。考慮到鐘塔為了隱匿神祕，大多會將建築偽裝成大學或政府機關等不易引起注意的場所，我體認到——祕骸解剖局既屬於鐘塔，又是外部的存在。

老師在大廳櫃檯報上姓名，等待對方進行確認。

「這棟大樓內全是祕骸解剖局的相關組織。雖然並非全體成員都是魔術師，但至少也都知道魔術和神祕的存在。」

老師這麼說道。

他特地解釋的原因很簡單，因為從剛剛開始，進出大樓的人就全都是穿西裝打領帶的商務人士。

或許是也很習慣這種地方，老師的舉止落落大方，我卻不禁慌張起來。就像剛來到倫敦時一樣，我只能用變得冰涼的手指深深壓低兜帽，猛盯著好像是大理石製的地板。

「——讓你們久等了。」

不久之後，櫃檯小姐遞給老師一張卡片。

「這是門禁感應卡嗎？」

造型很接近最近車站引進的非接觸式ＩＤ卡。

我們走進電梯後，老師用剛才那張門禁感應卡掃描，樓層按鈕下方就出現了隱藏的面板。

老師從大量按鈕中選了一個，一股慣性帶來的力道落在身上。

「不在樓上嗎？」

「在地下四十五樓。」

老師若無其事地說出了驚人的數字。他環抱雙臂，時而屈指，時而鬆開。

「在深度上達到了地下幾百公尺，幾乎等於鐘塔本身的最深處。而且，與鐘塔最深處一樣，那裡也是靈墓阿爾比恩目前僅有四處的入口之一。」

「四處嗎？」

「對。因為數量只有那麼多，祕骸解剖局才能全面管理阿爾比恩的人員出入。」

接著，他的目光瞥向身旁詢問：

「這樣妳滿意了嗎？」

「很滿意！謝謝！連我也沒有來過祕骸解剖局的經驗！」

嗯呵呵呵～伊薇特高興地揚起嘴角露出笑容。

如同在旅館的宣言一般，她機靈地一起跟了過來。到了她這種地步，這說不定算是某種品德吧。非常怕生的我就不覺得她難以應付，這是事實。

「既然妳都說了是情報費，那也無可奈何。而且對方也不知道是怎麼想的，竟然批准妳進入祕骸解剖局。」

老師也板著臉孔回應。

電梯內的浮游感持續了良久，隨後，金屬門扉開啟。

那是個寬敞的圓形房間。

空間大小相當於具規模的旅館大廳。

天花板中央裝著巨大的水晶，散發彷彿要將人吸入其中的淡淡光芒。我直覺地領悟到

——那多半不是科學的產物。話雖如此，我覺得那與源自魔術之物也有些不同。雖然應該能列入神祕範疇，但我感覺那股澄澈的光芒更加神聖而高貴。

那麼——

（——這是靈墓阿爾比恩的發掘物？）

我重新將思緒轉向那個地方。

能夠挖掘到這種物體的迷宮到底是什麼樣的異界？沐浴著水晶滴落的光芒，我沉浸於靜靜的感慨中。

「哦，這麼碩大的輝石真罕見。」

「伊薇特小姐曾經看過這種水晶嗎？」

聽到她的感想，我發問。

「嗯。雖是這樣說，我看過的頂多只有小石頭那麼大。儘管如此，依照蘊含的魔力而定，小型輝石也會有各種用途。這應該是在神祕特別濃郁之處才能採掘到的貴重物品，唉，真不愧是祕骸解剖局。」

伊薇特連連點頭，重新環顧四周。

她看起來很感興趣，是源自於自稱間諜的性情嗎？她會硬是拜託老師也要跟來，代表祕骸解剖局這個地方對於魔術師而言也很稀奇吧。

相隔了一會兒後……

「……不對勁。」

老師低語。

「嗯？怎麼了，老師？」

「沒有人來迎接我們。已經通知過他們約定會面的訪客馬上就會出現了。」

我的目光注意到曲面牆壁上幾道門扉的其中一道。

那道門咻地打開，一個體型肥胖的職員衝了出來，一腳踩空摔倒。

他一屁股跌坐在地上，轉向後方。

「————！」

我聞到一股奇怪的惡臭。

巨響接著自牆壁傳來，那是物體劇烈碰撞的聲響。

連續五次。每一次，門扉都跟著扭曲，高達兩公尺半的龐大野獸從門後強行鑽出。

不過，現實中不可能有那種野獸。

獅子的頭顱從正面直盯著我們。可是，其軀體兩側連接著蝙蝠與雞的頭顱，前腳更長出了螳螂的鐮刀。那不可能單純是嵌合獸（奇美拉）的組合令我瞠目結舌，其中一個頭顱轉向了我們。

「老師！」

我猛然上前，揮動右手。

「咿嘻嘻嘻，好盛大的歡迎！」

亞德脫離固定裝置，在剎那間化為大鐮刀。

三頭之獸幾乎是在同一時間撲上。

我判斷——承受這次突擊會被打飛出去，往斜後方退。

轟！巨大的螳螂鐮刀颳起一陣風揮落。我以亞德的刀鋒擋住鐮刀——明明已經打偏了軌道，那股衝擊還是讓我經過「強化」的雙臂徹底麻痺。

（這是……什麼——）

我至今曾遇見許多魔術師與他們製造的異形，這副手感卻截然不同。

應該說，不屬於同一個世界嗎？

明明確實都是超越常理的存在，這個生物卻顯然誕生於不同的邏輯之中。

靈墓阿爾比恩，我的腦海再度浮現那個名稱。那股異樣感就像不小心踏入幻想世界的愛麗絲。我嚇下令肌膚泛起雞皮疙瘩的猛烈恐懼，咬緊牙關。

「小格蕾！」

伊薇特在這時呼喊。

我一瞬間向她望去，發現衝到我斜後方的少女用力扯開了眼罩。

伊薇特毫不猶豫地將手指插進露出的眼睛裡。她嵌入左眼眼窩的新寶石是緋紅的鮮豔紅寶石（Ruby）。

「好了，沒有異議別無他法地燃燒殆盡吧！」

炎燒魔眼。

她那能燒燬一切的加工魔眼。

伊薇特在那輛魔眼蒐集列車上告訴過我，她放進眼窩裡的寶石威力分別堪比高位魔眼——高貴之色。實際上，即使是三頭之獸也立刻被火舌包圍，發出了痛苦的啼叫。

「老師，退後！」

我警告老師不要靠近，同時猛踏地面飛奔。

為了吸引被魔眼之炎包圍——卻並未喪失戰意的野獸注意力，我刻意發出重重的腳步聲移動，在房間一角突然止步。

我朝斜後方跳躍。

我踢向牆面，對準魔獸背後揮下大鐮刀。

可是野獸連頭也不回，從被火焰包圍的軀體內新長出了一顆虎頭。

「————！」

猛虎的利牙咬住我的鐮刀。

不快的嘎吱聲響起。

「亞德！」

「好痛啊啊啊！」

我從側面拔出慘叫的亞德。儘管鐮刀並非先鋒之槍本身，而是封印那件寶具的外部封裝，這頭野獸的利牙卻足以損傷神祕嗎？

虎頭轉動。

我與亞德一起被打飛出去，重重撞上牆壁——！

就在我以為會這麼發生的剎那，某種比牆面更柔軟的東西溫柔地接住我。

「……妳還好吧，格蕾？」

聽起來很痛苦的聲音傳來。

老師接住了我。雖然他應該是用「強化」過的身體這麼做，但以他的魔術實力，應該無法抵消所有衝擊才對。

「很……很抱歉，老師！」

「……我沒問題。妳有辦法讓那個閉嘴嗎？」

「是！」

我舉起亞德。

解除第一階段限定應用。

亞德的封裝伴隨光的漩渦立刻變化成長槍。這並非先鋒之槍，是僅有一部分外形相仿的鉤鐮槍。既然不知道對手的真面目，我就需要拉開距離。

野獸準確看穿我隨著衝鋒單手刺出的攻擊，以毫釐之差扭身閃避。不管怎麼看，牠都

擁有智能，或是不遜於智能的戰鬥本能。

三度刺出的槍刃被躲避了兩次，另一次則被螳螂鐮刀彈開。

就在我正要繼續揮槍的剎那，野獸大幅跳躍、退開。

（——牠拉開了距離？）

同時，野獸的——右側雞首一瞬間咻地吐氣，再深深吸入空氣。

少量包含在吐氣中的成分使得不遠處的觀葉植物轉眼枯萎。

（——吐息（Breath）！）

我察覺牠正要施放含毒的吐息，渾身一僵。

其威力無須質疑。短短一瞬間的吐息就造成觀葉植物那樣的慘狀，如果是在口腔內濃縮過的吐息，應該會確實地溶解我的骨頭。

可是，老師在我背後。

若我閃避，他必定將遭到波及。該怎麼辦才好？將亞德變形成大盾？盾牌擋得下所有含毒的吐息嗎？或者，在伊薇特的魔眼中，有沒有足以因應的種類？

我很煩惱，同時將魔力往亞德輸送。

就在這個時候。

周遭的地板突然升起牆壁，從下往上打中即將發出吐息的野獸下顎。

吐息當然也被迫中斷，牆立刻在倒下的野獸四周化為堅固的金屬牢籠。在一陣驚慌後，野獸憤怒地揮舞尖牙、利爪與鐮刀，卻全被鐵籠反彈回去。不過，牠的每一擊都讓籠子大幅彎曲，發出尖銳的嘎吱聲。

手上還在結印的新魔術操作者瞪視野獸。

他就是方才跌坐在地的解剖局職員。

「啊啊～可惡！我從現役退下的身體可吃不消啊。阿希拉！」

「再等一下，卡爾格。」

回答來自於野獸闖入的門扉。

「——逆流（Flow backward）吧。」

最後那一句恐怕是魔術的詠唱，一小節（One Count）的簡短咒語。

隨著那句咒語，野獸突然搖晃起來。

綠色的血液如氣球破裂般從野獸全身噴出。即使如此，牠依然頑強地攻擊了籠子好一陣子，最後才大幅搖晃，倒臥在地。

然後，剛才詠唱咒語之人謹慎地靠近鐵籠。

「……太好了，還活著。」

她這麼低語。

那是個黑皮膚的女子。

她同樣黑得驚人的眼眸筆直地盯著我們，舉止乾脆俐落，讓人覺得這名女子應該一直都是像那樣活著的。

「沒事吧，格蕾、伊薇特？」

老師設法讓呼吸平穩下來，在確認我們都平安之後，他向新出現的女子發問：

「剛剛那個是流動的魔術？」

「是的，因為以前在迷宮中，我經常與這種變異嵌合獸戰鬥。好久沒有像這樣和他聯手了。」

她如此回答，有禮地低頭問候。

「我是材料部門的阿希拉・密斯特拉斯。這次真是失禮了，艾梅洛閣下II世。這是我們的疏失。」

另一名職員也撣去衣服上的塵埃，低頭致意。

「這麼遲才問候，恕我失禮。我是祕骸解剖局管理部門的卡爾格・伊斯雷德。請多指教。」

*

那是一對不可思議的組合。

雙方的年紀應該都是三十來歲，穿著同樣的職員制服。

不過，我覺得無論是黑人女子或是肥胖男子，在鐘塔都屬於不常見的類型。要用言語描述的話有些困難，這兩人散發的氣息比起魔術師，更接近民間的商務人士或科學家。

（阿希拉・密斯特拉斯……）

我望著黑人女子淡漠的側臉，想著她的名字。

（卡爾格・伊斯雷德……）

男性職員用手帕擦汗，同時觀察著我們。

但是，面對好歹身為君主的老師，他們沒露出多少畏縮之色。當然，一方面大概是因為老師是徒具虛名的君主，欠缺權威的現代魔術科不足為懼。不過，跟鐘塔相比，他們的反應也相當平淡。

說不定這也是祕骸解剖局的特性。

「……這兩個人就是我約好要見面的哈特雷斯的弟子。」

老師小聲告訴我，讓我吞了口口水。

接著，老師望向被關進鐵籠的怪物，一邊調整呼吸一邊問：

「你們剛剛該不會在捕捉幻想種吧？」

「是的。我們在觀測靈墓阿爾比恩生物的生態，雖然只限於特定範圍。這裡的生物與至今在地上還看得到的幻想種有很大的差異對吧？」

那歡喜的表情似是已將那頭生物剛才襲擊過我們的事完全拋在腦後，這樣的反應在某種意義上可說是非常符合魔術師的特色。就連對於剛剛那場戰鬥，她說不定也不過是覺得收集到了有益的資料。

老師似乎也無意進一步責怪他們。雖然按照常理，現在是該質問、追究的場面，但老師的感受性——至少在對方身為魔術師的場合，總是會配合魔術師世界做調整。伊薇特不知是抱著類似的看法，還是把交涉的指揮權交了給老師，她沒有試圖插嘴。

所以，我也忍下幾乎要脫口而出的抱怨。

當我微微垂下頭，將表情藏進兜帽底下，自稱材料部門職員的阿希拉拋出話題。

「這邊這兩位是……」

「……我……我是老師的弟子，格蕾。」

「我叫伊薇特·L·雷曼。徵得老師的允許，擔任助手同行。」

我身旁的伊薇特乾脆地回答。

這樣機靈地取得助手地位實在很有她的風格。

阿希拉點點頭，手伸向其中一道完整無損的門。

「請往這邊走。」

＊

她帶領我們進入接待室，送上與地上並無不同的紅茶。

那是個簡潔至極的房間。

室內只擺放著兩張長沙發與一張玻璃桌。我對空氣從哪裡流入抱有疑惑，果然是用魔術操作的嗎？

另外，雖然不清楚有什麼用途，在牆上的各處有著好幾盞燈。先前的門禁感應卡也是如此，祕骸解剖局似乎不忌諱引進科學技術。

「我想向兩位請教一點事情。」

坐在桌子另一頭的阿希拉聽到之後緩緩地開口。老師切入話題。

「關於我們老師的事嗎？」

「很遺憾的是，我們從十年前起就沒見過哈特雷斯老師了。」

她身旁的卡爾格邊擦汗邊回答。看樣子他很容易出汗。

哈特雷斯博士的兩名弟子。

光是這麼想，我就感到心跳加速。

「說到十年前的話，就是哈特雷斯博士離開現代魔術科的時候？」

「正是如此。後來現代魔術科在學部長空缺的狀態下經營了一陣子。當然，那是直到你就任君主為止。」

卡爾格揚起眼珠觀察老師，這麼說道。

老師未上任時的現代魔術科。

這明明是理所當然，聽到別人重新提起，我卻感到十分不可思議。我所知的現代魔術科的印象建立在老師和艾梅洛教室上，不過，當時兩者都不屬於現代魔術科。

冠位決議決定指派艾梅洛派治理現代魔術科，老師被萊涅絲塑造成君主……基於這兩項事實，如今的現代魔術科才首度成立。

在那之前是什麼情況呢？

「這樣算來，兩位是現代魔術科的學長姊呢。」

聽到伊薇特的話，我彷彿被潑了一身冷水。

（……是嗎？算起來是這樣啊。）

我們的學長姊。

兩個遠比老師更早以前的現代魔術科學生。

「坦白說，我們身為迷宮生還者，不太適應鐘塔的環境呢……啊，斯拉還是老樣子嗎？」

卡爾格微露苦笑，提起現代魔術科的市街之名。

「我想沒有多少改變。」

「學生餐廳的南瓜焗飯現在也是人氣最高的品項嗎？」

「大約排第三名吧。目前最受好評的是蝦仁雜燴濃湯。」

「唔。我看你們也太挑剔了吧。在我們那時候，因為那道菜最便宜又吃得飽，大家可是搶著點呢。」

卡爾格摸摸啤酒肚，放遠眼神。

老師抓住空檔發問：

「哈特雷斯博士以前是什麼樣的人？」

「嗯，我們實在說不上了解那個人的一切……只是，我想想，他很照顧人。無論對我們這樣的生還者或原來的學生，他都平等對待。」

「但我聽說連同兩位在內的五名生還者，曾作為哈特雷斯博士的弟子得到厚待。」

「哈哈，厚待說得太誇張了。我們畢竟是異類，像我剛才所說的一樣，光是平等對待我們，看在旁人眼中或許就算厚待吧……啊，作為鐘塔的學部長，他溫柔得不可思議。」

聽到卡爾格追述往事，我暗暗咬住下唇。

哈特雷斯的另一面。

這樣聆聽著，我有種不可思議的心情。明明作為知識能夠接受他也曾有這種過往，聽到別人提起那位魔術師曾像老師待我那樣在斯拉市街執教，我卻無法壓抑自己感到心神不寧的心情。

還說他為人溫柔，這讓我不知如何是好。

我和老師明明都險些死在哈特雷斯手中。

「……他可是狠狠地利用過我啊。」

伊薇特低聲呢喃。

那一幕發生在魔眼蒐集列車上。哈特雷斯提供融資給她，作為交換條件，利用她當作掩蓋真實身分的偽裝。這件事當然是她自作自受，沒有同情的餘地，不過哈特雷斯據說對曾經是共犯關係的她也幾乎沒有講過自己的真實身分及目的。

他與從前的學生此刻敘述的教師形象截然不同。

哪一個才是真正的哈特雷斯？

「哈特雷斯老師在十二科中也特別致力於教育……我想想，我覺得他與其他講師注視著不同之處。」

阿希拉的呢喃讓卡爾格轉向了同學。

然後，他這麼說出口：

「將你的人生獻給最燦爛的事物吧。」

「這是老師的口頭禪。」

直到剛剛為止都不怎麼流露感情的阿希拉漆黑的臉龐露出微笑。

「我們是緊緊相連的生物。既然作為魔術師一心一意奔向過去，我們必須時時面對已經與我們相連之人，意識到將與我們持續相連之人。但是，妳同時仍舊是獨一無二的妳。

那麼，至少必須將自身獻給自己認為燦爛的事物。」

……那番話讓聽得我無法動彈。

就連在身旁聆聽的老師也僵住不動。啊，這也是當然。因為那種生存方式與某個人一模一樣。和對於在聖杯戰爭邂逅的王者展現的姿態深深著迷，自那時起就決心按照那般規定活下去的某個人太過酷似。

我想起哈特雷斯以前在魔眼蒐集列車留下的話。

——「越深入調查，我發現聖杯戰爭越有意思。」

——「好像孩提時看過的夕陽一樣，我打從心底盼望，想要無止境永遠地追逐下去。」

那麼，聖杯戰爭對於哈特雷斯而言就是那樣的事物嗎？

或者說，他在聖杯戰爭中發現了燦爛的事物？

「我等應該追求的始終是根源吧？」

老師說道。

這句話，我至今聽過許多次。

根源。根源之渦。亦或是作為難以名狀之物的「　」。

鐘塔的課堂上談到，那是魔術師之所以應是魔術師的理由，是遲早必須抵達的夢想，是真理本身的形態。到頭來，許多魔術師賭上人生打磨魔術，為了使子孫盡可能多增加一條魔術迴路而拚盡全力，都是為了在未來某天讓某人達到那個根源。

「當然，正是如此。就算包含我在內的許多魔術師皆沉溺於鐘塔的鬥爭，迷失了大義也一樣。」

卡爾格苦澀地笑了。

縱使他是迷宮的生還者，而且當上了祕骸解剖局的局員，或許也無法逃離鐘塔的權力鬥爭。

「不過，那個人彷彿注視著更加不同之處……我這麼覺得。」

「……原來如此。」

老師頷首。

他得到了某些收穫嗎？

我一無所知，老師在沙發上稍微往前坐了一點，終於切入正題。

「對了，兩位可知道哈特雷斯博士的弟子——跟你們一樣的生還者失蹤的消息？」

沉默一瞬間籠罩空氣。

然後，深深坐進椅子裡的男子含糊地開口：

「……當然知道。因為最近失蹤的喬雷克．庫魯代斯不僅以前和我們同隊，更是我的弟弟。」

「這樣啊。恕我失禮——」

「不，這也無可厚非，他跟我的姓氏不同。我弟弟離開迷宮後，入籍了開位的庫魯代斯家。」

「原來是這麼回事。生還者實力受到賞識，被沒有繼承人的家族收為養子這種事很常見。」

「是啊，我弟弟可是很優秀的。在阿爾比恩時，他不知道救過多少次我的命。」

「不管在其他任何隊伍，都找不到像你和喬雷克一樣默契十足的搭檔。」

「要是這樣可真教人高興。」

卡爾格揚起的笑容顯得有些寂寞。

同時，我在腦海裡作筆記。

卡爾格・伊斯雷德——祕骸解剖局管理部門職員。喬雷克的兄弟。

阿希拉・密斯特拉斯——祕骸解剖局材料部門職員。

喬雷克・庫魯代斯——卡爾格的弟弟。「失蹤中」。

蓋謝爾茲・托爾曼——擅長製作魔術藥的無所屬魔術師。「失蹤中」。

我依序記錄這些人名以及是否失蹤。

哈特雷斯的五名弟子。還剩下一個人。依照橙子的證言，我將最後記錄的那個名字也分類為「失蹤中」。

接著我們又談了大約十幾分鐘，在差不多要結束的時候……

「艾梅洛閣下II世。」

卡爾格呼喚老師的名字。

「我也想請教一個問題，你會介意嗎？」

「當然不介意。」

老師痛快地點頭同意，男子將交疊在腹部的十指開開合合兩三次後詢問：

「你應該是因為從那個叫聖杯戰爭的遠東魔術儀式中生還而打響了名號。」

聖杯戰爭！

沒料到那個詞彙會突然出現，老師眨眨眼。

「這件事怎麼了嗎？」

「不，我只是覺得你和我們這種生還者有點像。從這個角度來想，你是鐘塔的新世代中最成功的人物吧。怎麼樣？你對目前的地位有什麼看法？當上君主取得成就，讓你覺得世界變燦爛了嗎？」

「…………」

老師陷入沉默半晌，認真地思索著。

然後——

「我只覺得很累。」

他聳聳肩回答。

「……是嗎？事情就是這樣嗎？」

回答雖然簡短，但好像帶給了他某些觸動。卡爾格也沒有繼續追問下去，摸摸啤酒肚嘆了口氣。

「這或許算不上是像樣的回答。」

「不，這樣就夠了。謝謝你，艾梅洛II世。」

祕骸解剖局局員卡爾格‧伊斯雷德深深地向老師低頭道謝。

3

談話意外的很快就結束了。

艾梅洛II世一行人離去後，屬於祕骸解剖局的兩人返回接待室。

卡爾格神情嚴肅地注視著地板。也許是習慣使然，他反覆交疊十指喃喃地說：

「……你認為蓋謝爾茲他們會失蹤是老師指使的嗎，阿希拉？」

「不可能無關吧。」

阿希拉揚起嘴角。即使穿著樸素的職員制服，她比例均衡、前凸後翹的肢體看起來也十分煽情。

「那個人應該已經得知我們做了什麼。他不僅相隔十年在公開舞臺上現身，隊伍又變成這種狀況，沒有任何關聯才是奇蹟。」

「魔術師不該輕易說出那個字眼。」

卡爾格苦澀地說完後問道：

「這樣的話……」

「……沒錯。再見，卡爾格。」

阿希拉提起事先準備好的公事包。

卡爾格茫然地仰望著她開口：

「妳要離開這裡？不過，這裡是倫敦最安全的地方，妳應該也知道吧。」

「即使如此，我也要走。」

阿希拉像在叮囑般說道：

踩著清脆的腳步聲，她直接開門走了出去。

她一次也不曾回頭。

4

——夕陽西斜。

由於日期就快進入二月，黃昏提早了許多。赤紅的暮色一視同仁地漸漸籠罩水泥大樓與洋房，行人們穿著大衣的身影也不例外，拉長的影子彷彿在沖洗路面石板般交錯著。

走出祕骸解剖局的大樓，我們在路上向南走了一會兒後，老師開口了。

「怎麼樣？」

「總之，他們沒有說謊呢～」

走在身旁的伊薇特確認過周遭後，迅速向上拉開眼罩。

「啊，是感情視之魔眼。」

少女的眼窩裡裝著經過研磨的綠色孔雀石（Malachite）。雖然我沒有發現，但跟那頭嵌合獸交戰之後，她似乎在前往接待室的途中替換了眼睛的寶石。

那種魔眼能夠捕捉人心情感的變動。

如果伊薇特認真地要找出我們，我們是瞞不過她的。正因為如此，老師才會認命地找她幫忙。

「只是，他們好像猜得到其他弟子失蹤的原因。在老師問這方面的問題時，他們散發的靈氣明顯地搖曳起來。」

「我想也是。」

老師點點頭。

「那麼一來，問題在於他們隱瞞之事的性質。事情有什麼問題，為什麼必須對我們隱瞞呢？」

Whydunit。

他們為何要說謊？為何不得不說謊？

在一陣子的空白過後，老師搖了搖頭。

「無論如何，目前掌握的材料不足以下判斷。光是能藉此窺見哈特雷斯當時的為人應該就很幸運了吧。」

「聽起來……他以前好像是個愛護弟子的人。」

「因為魔術師對待弟子很溫柔。只是在大多數情況下，學生不包含在這個範圍內。魔術師這種生物，只針對可以繼承自己魔術刻印或者術式的繼承人們抱著有時超乎自身性命的執著。在那種意義上，哈特雷斯這個魔術師看來相當例外。還是說，是現代魔術科這個地方促使他那麼做的？」

那老師是如何呢？我無法這麼問出口。

按照常理思考，被收為寄宿弟子的我應該符合條件，但我畢竟連魔術師都不是。名叫格蕾的守墓人是由於情況變化剛好被推上這個位置。

不過，我不可能會認為艾梅洛教室對老師來說無關緊要。

雖然他把自立後的畢業生視為獨當一面的魔術師看待，將干涉保留在最低限度，但至少對於在學的學生，他甚至給人一種縱容的印象。

為什麼老師跟一般魔術師不同呢？

哈特雷斯又是如何？

「——對了，哈特雷斯博士小時候曾被妖精綁架過吧？」

老師忽然說道。

伊薇特聽到後轉過頭。

「他似乎因此得到了某種異能。或許是不信任我，他不肯告訴我詳情就是了！」

提到妖精會給人強烈的童話印象，但我已經至少知道世上有那樣的存在了。

還有，正如伊薇特剛剛的發言，他用那種能力在魔眼蒐集列車上絆住了我們，我們卻不清楚那是什麼樣的「力量」。我做得到與虛數屬性類似的事……他說過類似的話，但具體內容依然不明。

至今還是充滿謎團。

儘管昔日學生們的證言突顯出了他的幾個形象，過去的哈特雷斯與現在的哈特雷斯依然連結不起來，就像一張被蟲蛀得坑坑洞洞的填字遊戲。

「得到妖精授予某種恩典的傳說很多。」

老師一邊走在路上，一邊像平常上課般繼續道：

「不過隨著接近現代，妖精給予的也漸漸不再是純粹的恩典。如半妖精的由來等等，姑且不論在英靈座上留名的古代英雄，如今人類與妖精的領域已然分離，在大多數情況下，都需要付出與恩典同等的——不，是更高的代價。甚至到了近代，在西歐許多地方都還聽得到替換兒（Changeling）的傳說，給人的印象反倒更接近災厄。」

替換兒。

據說與妖精的孩子掉包，由妖精養大的孩子們。

「魔眼蒐集列車……嗎？」

「怎麼了，老師？」

「沒什麼……」

老師搖搖頭。

「我總覺得我們在那輛列車上好像漏掉了什麼極為致命的關鍵……」

說到此處，老師的聲音散逸在風中。

雪花開始摻雜在風中飄落。

雲朵彷彿追逐著夕陽般散開，吹起刺痛肌膚的冷風。那陣風與雪讓我按住兜帽，一些霓虹燈飾開始被點亮，顯露出許多描繪了美麗圖畫的招牌。

「這裡有好多劇院。」

「舞臺劇等表演在這一帶本來就很興盛。不過，對方應該無意過來欣賞戲劇吧。」

老師的話觸及了我們接下來的行程。

「這裡就是約好碰面的地點嗎？」

「對，對方說時間一到就會派人帶路……」

「老師？」

伊薇特呼喚。

這也讓我發現路上的行人極端的少。不，不是什麼極端的少，路上根本毫無人影。好歹是在首都倫敦的大馬路上，黃昏時分不可能發生這種情況。

不久之後，伊薇特轉動目光，老師也跟著看了過去。

附近咖啡廳的戶外座位。

開放式座位區的一個座位上，坐著一名老人。

一位留着一頭白色長髮，戴眼鏡的男子。

他胸前掛著碩大的寶石首飾，宛如枯枝的手指戴著大量戒指，上頭全是各種色彩的寶石。儘管如此，比起奢華的印象，老人更像來自陰鬱的暗影世界。

那名老人舉起手臂，彷彿要分開落下的雪花。

「……好久不見……艾梅洛閣下。」

「可以的話，請在稱呼後加上II世。」

「這句話我先前也聽過……不過……那是你個人無聊的講究……我配合你也沒有意義……你是艾梅洛閣下……我是尤利菲斯閣下的事實不會改變……」

他沙啞的嗓音本身就宛如一種咒語。我不禁想像一條蛇纏繞上來，咻咻吐出長舌的畫面。

尤利菲斯閣下。

降靈科的君主。紮根於鐘塔的十二王者之一。

「——盧弗雷烏斯．挪薩雷．尤利菲斯。」

伊薇特帶著非比尋常的緊張感呢喃。那大概是尤利菲斯閣下作為個人的名字。我後來才得知，據說降靈科的學部長代代都遴選自某個分家，他是在正式得到君主的地位之際才重新入籍為本家尤利菲斯家的養子。每個名字裡都暗藏了奇特的規則，很有鐘塔的特色。

與巴爾耶雷塔閣下同時寄給老師的另一封信，就是這位老人寫的。

「看樣子……你沒有忘了約定……」

「您說笑了，雖然我沒想到會約在這樣的地點碰面。」

老人顫動肩膀，低聲發笑。

「這樣方便……請來另一個人……」

盧弗雷烏斯轉動眼眸。

在街道上浮現了另一個影子。

我分不清她是這一瞬間才出現的，還是更早之前就已經出現。那種時間概念的喪失說不定也是魔術的一部分。飄落的雪花彷彿蒙騙、掩蓋了一切。

劃開那片雪白的銀髮少女。

她年紀比我們更小，卻沒有屈服於現場異樣的沉重壓力，毅然地抬起了臉龐。琥珀色的眼眸就像在宣言她絕不會轉頭逃避接下來可能發生的殘酷場面。

同時，她也是我與伊薇特——當然還有老師認識的人。

「好久不見，艾梅洛閣下II世。」

「奧嘉瑪麗小姐……」

看著少女行屈膝禮，老師低聲呼喚那個名字。

5

——十幾年前。

大魔術迴路，第一層。

腳下的地板一片明亮。

（……感覺就像在夢中一樣。）

少年振作起容易浮動的意識，踩著地板上的光芒前進。

那不光是這座迷宮獨特的，掠過牆面及地板的巨大魔術迴路（靜脈）。由於迷宮第一層鄰接採掘都市瑪基斯菲亞，大結晶的光芒會透過滿布空洞的頂罩照射過來，這也是都市的安全受到保障的原因。大多數怪物不會出現在結晶光底下，比起提防阿爾比恩的威脅，這裡更偏向於供人逐步調整心情的地方。

雖然不時聽得到野獸的叫聲，但這點小問題就別計較了。當然，阿爾比恩的生態系統會以非常短的期間產生變化，也出現過在出乎意料的地點遭受襲擊而隊伍全滅的案例。不過，人類沒辦法一直繃緊神經，越精英的團隊，越傾向於在放鬆時確實放鬆。

「終於是最後一次來這裡啦！」

卡爾格之弟——喬雷克開朗地說。

這個隊伍裡營造氣氛的好手想來就是他。他作為戰鬥員，與哥哥展現了出類拔萃的默契，又巧妙地填補了年輕的阿希拉與少年跟年長的蓋謝爾茲之間的距離。

如果少了他，他們不是早已在阿爾比恩的哪個地方全軍覆沒，就是因為合不來而解散了吧。少年對喬雷克只有感謝。

轉動肩膀的喬雷克與卡爾格異口同聲地說：

「沒想到我們所有人都成為了哈特雷斯博士的弟子。」

「雖說只是名義上的弟子，但重返地上後可以去現代魔術科上大概兩年的課吧。而且還取得生還者的榮譽，畢業後的出路也隨我們挑。啊，再也沒有比這更好的條件了！真是幹得好啊，小鬼！」

「啊哈哈……」

少年生硬地笑了。

結果，在相隔幾個月後，他向所有人坦白了關於哈特雷斯的事。在與哈特雷斯多次暗中會面的過程中，對方起意，想乾脆將整個隊伍都收為弟子，方才的事情就在慌亂之中談妥了。

這就是鐘塔在院長與君主之下最有權威的主要學科學部長嗎？少年感到沒來由的恐

懼。

他連想都沒想過，人生居然會迎來這樣的轉機。

當然，隨著一次次暗中會面，哈特雷斯與少年等人之間也確立了咒體的走私路線，能夠藉此獲得收入來縮短任期也是一大理由。為了避免解剖局感到不自然，他們費力地進行情報工作，安排了「其實一部分隊員原本就與現代魔術科有連繫」、「經由哈特雷斯的斡旋獲得了融資」等等名目。

回憶著這些來龍去脈的少年忽然改變了話題。

「對了，大家進入現代魔術科後，未來打算走什麼出路？」

「你想得還真遠。」

「嗯，在就學期間是有必要找好門路。」

卡爾格與喬雷克兄弟再度回答。

在鐘塔，建立這類門路好像會使未來產生很大的變化。

少年還沒什麼實感，但哈特雷斯也說過這種話。他告訴他——因此，你要去思考如何學習，未來想成為什麼樣的人。

未來。

少年在這座阿爾比恩出生成長，那個詞彙至今一直與他無關。

「我的目標是加入祕骸解剖局，那樣可以活用在這裡的經驗。」

阿希拉說道。

黑皮膚的少女淡漠的側臉直盯著迷宮前方。

這感覺的確是個好主意。少年只知道關於靈墓阿爾比恩的事，對於今後將要挑戰的什麼學生生活，她的做法可以當成參考吧。少年暗暗下定決心，要在她身旁向她學習。

「哈！我可不願事到如今還被拉進鐘塔的鬥爭中。我會感激地去上現代魔術科的課程，但我打算回歸無所屬身分，做魔術藥維生。」

蓋謝爾茲聳聳肩。

據說他進入阿爾比恩前是無所屬的魔術師，這代表他會重操舊業吧。當然，在這裡取得的金錢與咒體、往後將會取得的鐘塔技術，應該會替那樣的生活提供很大的助力。

「那麼，那邊的兄弟檔呢？」

「啊，我跟阿希拉一樣，目標是進入祕骸解剖局。」

卡爾格搔搔頭，喬雷克害羞地露出笑容。

「哥哥將邀約讓給了我，我決定入籍庫魯代斯家。雖然得看在鐘塔的成績而定，但順利的話，我或許能排上繼承人的候選名單。」

這一對兄弟十分相像。

那有些發胖的體型再過十幾年，說不定會進入略嫌不健康的範圍。就算體型改變，少年覺得他們的可靠也不會改變。

在今後的學生生活中，他們一定也會互助合作，扮演少年的益友吧。

然後，他們拋來話頭。

「我記得你在畢業以後也想留在哈特雷斯博士那裡？」

「我有這個意思。」

「喂喂～這樣很浪費吧！反正研究領域的利權都會被那些妄自尊大的老東西把持，賣身投靠哪個家族或組織還比較好吧！」

「不，等等，就算是像小鬼頭一樣的新世代，作為魔術師追求的目標也不會改變。一代一代積累下去，正是開啟通往根源之路的方法吧？」

蓋謝爾茲反駁後，又和兄弟檔吵吵嚷嚷地爭論了起來。

想到這是最後一次在阿爾比恩聽到他們三人一如往常的爭執，少年不由得感慨萬千。

不，雖然進了現代魔術科以後，這樣的場面當然還要持續一陣子。

與他並肩而立的少女悄悄對他耳語。

「──你也可以把目標放在解剖局喔。」

「啊……啊，嗯。」

聽到阿希拉不知怎地像在鬧彆扭般的臺詞，他微微點頭。為了掩飾面紅耳赤的情況，少年擦擦臉頰。

每個人各自的夢想即將各自成形。

這多半是很美好的事。這是燦爛無比的罕見幸運，是無疑應該感到欣喜之事。

然而，為什麼？

少年胸中彷彿蒙上了一絲黑色的霧氣。

那恐怕是少年有生以來首度感受到的——對於未來的不安。

第五章

1

我不可能遺忘那頭在風雪中飄揚的銀髮。

奧嘉瑪麗．艾斯米雷特．艾寧姆斯菲亞。

在那輛魔眼蒐集列車上曾與我們同生共死的少女。而且，我應該要估算到她在這次的案件中會現身，我暗暗咬住嘴唇這麼心想。

因為，她也是天體科君主之女。

再加上，我聽說天體科的君主很少下山離開領地。那麼，選擇她當代理人參加冠位決議，豈非極為自然的發展？

「…………」

她只瞥了我一眼，什麼也沒提。

意思是貴族沒必要向對方的僕從打招呼吧。不過，已故的亞托拉姆如果在場，很可能會講出「哈哈哈，世上有那種會向對方的皮包打招呼的小丑嗎？還是怎樣，你是一看到鞋子不親吻上去就不舒服的變態？」這種話來。

我如今認為，那與其說是傲慢的表現，不如說他正是抱持著那種價值觀。

在只對獲選之人開啟的魔術師世界，理當必然會形成並繼承下去的價值觀。

「哎呀，沒想到不只盧弗雷烏斯老先生，連天體科（艾寧姆斯菲亞）的大小姐也來了。」

老師深深地鞠躬。

老人僅僅皺緊眉頭。

「……距離上次與現任的艾梅洛閣下交談……有數年之久了。」

「這是我們第三次交談，雖然吾師以前長年受到您的寵愛。」

「……唔。上一代之事……對我而言也萬分遺憾……不提索拉烏，肯尼斯・艾梅洛・亞奇伯……是我近年來最出色的弟子。」

那番話讓在一旁聽著的我微微屏住呼吸。

（上一代艾梅洛閣下的……老師……？）

至今為止，我聽過好幾次上一代艾梅洛閣下的事情。

年紀輕輕就製作了以月靈髓液為代表的許多魔術禮裝，就算在鐘塔也恣意享有神童之名的色位魔術師。那位肯尼斯的老師，就是這名老人。

換言之，在老師看來，此人是老師的老師。

（……在我看來，是老師的老師的老師？）

我腦中閃過像文字遊戲般的句子，我馬上將這些驅逐到思緒外。

現在可沒有時間悠哉地想這種東西。

其他行人全數消失的黃昏倫敦——這種異樣的風景自然不用多說，老人的身軀還充斥著太過濃郁的死亡氣息。

（降靈科的……君主……）

正如字面上的意思，降靈是召來亡者靈魂，視需要而定，使其聽命於術者的魔術。

所有亡者皆向尤利菲斯垂首……我以前在鐘塔的某堂課上聽過那樣的話。如果我是使亡者沉眠的守墓人，這位老人則是使役亡者，以亡者當作糧食的魔道之徒。

老人露出淺笑。

每當他彎曲一根手指，每根手指上的兩枚寶石戒指就會閃爍光芒。

「……哈哈，但是太好了……我還以為，你已經被特蘭貝利奧說動，不肯赴我這把老骨頭的邀請……」

老人的臺詞令我的脈搏加速。

他正在表明，說自己當然掌握了昨天老師才剛與特蘭貝利奧閣下等人進行的會談。

「怎麼可能。不只限於上一代，艾梅洛與降靈科（尤利菲斯）之間有很深的緣分。」

「嗯……要是你膽敢說出那種話，我可以當場絞死你。」

老人扭曲嘴角獰笑。

就算不願意，我也被迫領悟到這絕非虛張聲勢。這名老人擁有足以做到的「力量」。

作為鐘塔降靈科的首領——尤利菲斯閣下應當保有就算我們群起攻之，也能輕易反過來殺死我們的「力量」。

那個姿態令我感受到一種不比蒼崎橙子遜色，同時截然不同的存在方式。

老師僅僅微微地瞇細眼眸。

「不過，我還以為你這次也會和以前的冠位決議一樣，派布拉姆先生當代理人。」

「……呵……呵。既然特蘭貝利奧的麥格達納直接上場，那可行不通……那麼……你已經從特蘭貝利奧那邊……聽說過……想再開發靈墓阿爾比恩的戲言了嗎？」

「是的。盧弗雷烏斯老先生也真壞心眼，如果事先告訴我們，我們也可以多做一點準備。」

「我無意……隱瞞……此事。」

盧弗雷烏斯的聲音空洞地掃過戶外座位的桌面。

「……那樣說當然是騙人的。」

伊薇特嘀嘀咕咕地對我呢喃。

既然她會這麼說，大概就是這麼回事吧。這代表尤利菲斯閣下故意不將消息傳給十二家中排名末尾的艾梅洛。我不知道理由是看不起艾梅洛，還是認為艾梅洛可能會背叛，不過，至少我認為他們應該有他們的道理。

鐘塔的社會實在太過複雜。

摻入其中的陰謀及權謀術數不用多說，連純粹的舊規與惡習都化為渾然一體，從外部沒辦法區別清楚。

此時，奧嘉瑪麗就像按捺不住般插嘴道：

「盧弗雷烏斯老先生，你其實不打算冗長地上演這種鬧劇吧？」

「那是當然……既然你理解情況……我要說的話很簡單。」

盧弗雷烏斯說完後，這麼明言：

「我……以尤利菲斯閣下之名……反對靈墓阿爾比恩再開發計畫。」

果然如此，我心想。

老師以前也有說過，有人提出過相同的提議。那個提議並未通過，代表當然有反對勢力存在。既然民主主義之首特蘭貝利奧是再開發計畫推進派，屬於貴族主義的尤利菲斯必然是反對派。

老師在停頓一會兒後發問：

「我可以問理由嗎？」

「……因為很危險……這個理由不夠嗎？」

「不，足夠了。身為君主，必須考慮魔術世界的安定。若非我這種後生晚輩，那更是如此。」

老師點頭贊同盧弗雷烏斯的方針，這麼說道。
「要是重新開發靈墓阿爾比恩，試圖強行提高採掘速度，造成資源枯竭的可能性很高。不，阿爾比恩本身就是一片危險無比的土地，誰也無法保證再開發計畫會成功吧。」
「我要補充的是，天體科也有同樣的看法。」
奧嘉瑪麗加上一句話。
從剛剛開始，她似乎就打著只做最低限度發言的戰略。這是因為相對於兩位正式的君主，她的立場只不過是父親的代理人嗎？
「不過，如果能保證再開發計畫成功呢？」
突然間，尤利菲斯閣下——盧弗雷烏斯說出了完全相反的話。
老師微皺眉頭。
「這是什麼意思？」
「特蘭貝利奧的小子會拋出提議……應該有這種程度的考量……否則的話，他不會在這個局面……刻意提出計畫……不只勉強提議，最後還被打回票……等於暴露自身的無能……」
我明白盧弗雷烏斯的說法。
換言之，這名老人絕對沒有低估特蘭貝利奧閣下。倒不如說，是將之視為很可能威脅自身地位的大敵。正因為如此，他才表示也要出席冠位決議。

老師依然眯著眼眸，也表示認同。

「是啊，最好當成他有某些對策。」

「哦哦……我當然會這麼做。然後……你跟特蘭貝利奧關係好像親近到……他會特地邀請你聚會的程度……」

沙啞的聲音不祥地掃過石磚。

老人直接如此繼續道：

「那麼……你豈非有可能……打聽出特蘭貝利奧的盤算……？」

光線的反射讓我難以看清老人藏在鏡片下的眼眸。

可是，這句話包含的可怕意義，連僅僅在旁邊聽到的我都為之戰慄。

總之，這意思不就是要求老師「去從事間諜活動」嗎？當然，連伊薇特都自稱間諜，不知道誰是敵誰是友的狀態在鐘塔應屬稀鬆平常。

（……可是……）

可是，這個要求不同。

就算我腦筋不好，至少也明白這跟一般的行為截然不同。

是這樣沒錯。好歹也是君主，催促同為君主的人去當間諜，這要求的分量再怎麼說都差太多了。統治鐘塔的王者做過這種不法行徑的消息要是曝光，艾梅洛以及現代魔術科的權威都將在瞬間一落千丈。話雖如此，如果不經考慮一口拒絕，則會變成容許尤利菲斯閣下再度掌握主導權（Initiative）的藉口。

這個局面無論接受或拒絕，都很可能造成致命傷。

老師在相隔一會兒後開口。

「有利益可得嗎？」

「哦，成熟到會要求回報了？」

面對老人的問題，老師搖搖頭，緩緩地說：

「不，不是指我。我指的是，貴族主義透過不重新開發阿爾比恩所獲得的利益。」

剎那間，老人的表情僵住。

「……別講那種人小鬼大的話，小伙子。」

「恕我失禮。」

老師再度低下頭。

「不過，既然要我向特蘭貝利奧打探，這類訊息是不可或缺的。對方也沒有天真到會相信兩手空空上門的對象吧？」

（……嗯，呃？剛剛的話是什麼意思？）

我突然陷入混亂。

老師所說的話讓我似懂非懂。

我知道他問的是關於貴族主義的利益，但那道反擊讓建議老師從事間諜行為的老人發出嚴肅的嘆息。

「我明白了，剛才的提議就作廢吧。」

「未能滿足你的期待，非常抱歉。」

「……不，原來如此，我可以理解……艾梅洛並未直接從鐘塔消失的理由了。」

盧弗雷烏斯露出如白骨般的牙齒笑了。

他還順帶說出了令人意外的詞彙。

「回頭想想……你和哈特雷斯那傢伙……也有相似之處。」

「哈特雷斯博士時代的現代魔術科，屬於貴族主義嗎？」

「不……他並未……加入派閥。硬要說的話……應該是中立主義……但他也沒有……向梅爾阿斯提亞搖尾乞憐……」

老人回答老師的問題，說出最後一句話。

「冠位決議就在三天後……好好記住……」

語畢，他舉起食指，一顆寶石染上奇特的色澤。

他似乎發動了某種術式。

老人的身影在轉瞬間消失。

被留在原地的奧嘉瑪麗沉默了一會兒後，找我攀談。

「妳叫……格蕾，對吧？」

她呼喚道。

她好像還記得我的名字。

「啊……是……是的。」

當我遲疑地回應，奧嘉瑪麗咳了兩聲清喉嚨，心神不寧地摸了摸戶外座椅的椅背後繼續道：

「替我問候萊涅絲，她的表現真的好得教人傻眼。」

「……呃，我會轉告她。」

「謝謝，如果能一起喝茶就好了。」

奧嘉瑪麗這麼說道，白皙的手指倏地一動。

這次，少女的身影也消失無蹤。

不只如此，路上的大量行人也在那一刻重返。吵吵嚷嚷的喧囂聲回歸，我們置身之處變回一如往常的倫敦。

也許是渾身脫了力，老師摀住半邊臉龐開口：

「無論盧弗雷烏斯老先生也好，奧嘉瑪麗也好，都不是實體吧。他們只是稍微偏移了這條街道的相位，製造出其他人無法看見的模擬『場域』。這樣一來，在偏移『場域』中的存在就不需要是實體。姑且不提我，這種魔術對於盧弗雷烏斯老先生與奧嘉瑪麗來說應該簡單得等同兒戲。」

「對了，剛才的反擊，是老師想出來的嗎？」

伊薇特充滿興趣地歪著頭發問。

雖然不知道她問這個問題是基於個人興趣，還是基於間諜的立場，但老師就像努力想將新鮮氧氣輸送到肺部般，深深地吐息後回答：

「不，像妳所想像的一樣，是萊涅絲出的主意。她說，碰到對方突然接觸我們的情況，他們有很高的機率會要求我們向特蘭貝利奧打探情報，此時必定要抓住話柄，問明貴族主義或者尤利菲斯從中得到的好處。萬一艾梅洛要倒戈投向民主主義，那個訊息不可或缺，而且尤利菲斯閣下聽出發言中的這層意思後，應該也會做些調整。

在盧弗雷烏斯老先生眼中，應該希望立場不明確又難以處理的我乾脆加入民主主義再一併除掉，但他應該認為不值得為了這件事掀開手上持有的底牌。」

「……原來是這樣嗎？」

我不禁感到佩服不已。

原來如此，對手之間能互相判讀出這點程度的招數，鐘塔的陰謀劇才得以成立。雖然老實說來，對於剛才在那個地方的談話，我聽懂的部分還不到一半。

（……啊，那麼奧嘉瑪麗小姐剛剛的話也是……）

這代表她看出老師剛才的說法是出自萊涅絲的指點了吧。自魔眼蒐集列車一案後，萊涅絲和奧嘉瑪麗好像偶爾會有所接觸，她會看穿萊涅絲的想法也不奇怪。

「哼。坦白說，我也跟不上那種交鋒。姑且不論魔術，政治並非我的專長。」

老師的臉色看來有些憔悴，他的目光望向馬路另一頭。

「伊薇特，妳就在這裡打道回府吧。」

「咦咦！事情不是才談到一半嗎？不如說，接下來才是帶著可愛的情婦去好玩去處的時候吧！」

「妳回去吧。」

當老師這麼叮囑，伊薇特妖豔地噘起嘴。

「……我明白了。不過，老師之後要告訴我詳細情況喔。」

依依不捨的伊薇特可愛地咂了咂嘴，我在她遠去之後詢問老師：

「老師，發生了什麼事？」

「按照剛才談到的，貴族主義的君主也存在了那個可能性。」

就連不聰明的我，也明白他指的是什麼可能性。

「也就是說，君主身為哈特雷斯的共犯這件事——」

「對。我們並未徹底查明尤利菲斯閣下——盧弗雷烏斯老先生拒絕重新開發阿爾比恩的理由。當然，方才他說到的表面上的理由很有可能就是一切，但那也無法排除中間有哈特雷斯介入的可能性。」

至於奧嘉瑪麗更是如此。姑且不論她本身是否與哈特雷斯接觸過，她的父親天體科現任君主馬里斯比利，原本曾委託哈特雷斯調查聖杯戰爭。」

正如老師所言。

因為有當時的調查結果，哈特雷斯才得以成功召喚偽裝者。雖然馬里斯比利是出於什麼意圖找他調查聖杯戰爭依舊是個謎團，但正因為如此，我們無法排除他至今仍然與哈特雷斯有所接觸的可能性。

太多的意圖交纏在一起，讓我一陣暈眩。

這便是鐘塔的日常嗎？或者說，那是位居鐘塔頂點的君主之間特有的交鋒？儘管我難以區別，但這無疑是萊涅絲時時被捲入其中的現象的一部分。

緊鄰我身旁，卻一直看不見的世界。

「他說召開日期在三天後吧。」

站在迅速開始充斥黑夜氣息的倫敦街道上，我低語道：

「二月二日，將舉行冠位決議……」

2

就如預想，我們在與其他成員會合後開始討論這件事。

晚上，在新的旅館房間內——

「教授！我一點也記不住！」

費拉特舉著手，堂堂這麼宣言。

那種毫不遲疑，臉上反倒浮現燦爛笑容的態度，和他在課堂上的表現毫無二致。老師每次看到都會撫摸心窩附近，太陽穴抽搐起來——嗯，這個反應也一模一樣。

「雖然這一次涉及的人數的確很多……」

「那就用圖表來歸納如何，兄長？」

也許是對老師的痛苦感到格外歡喜，萊涅絲綻放如野花般的笑容提議。

還有，史賓也在背後待命。或許他最近不怎麼討厭我，就算在同一個房間裡也不太會威嚇我，讓我很高興。既然老師那麼信賴他，如果能請他偶爾陪我一起念書，我真的會很高興，不過那樣就奢求太多了吧。

唔，老師摸摸下巴。

「圖解嗎？這主意還不壞。史賓，可以交給你嗎？」

「我明白了。」

史賓老實地點點頭，撕下房間裡的筆記本紙，拿起原子筆。

對了，在課堂上他也經常被指派作筆記。史賓在失蹤的哈特雷斯弟子——蓋謝爾茲的工坊裡也畫過過類似的圖表，代表在這種歸納作業上，老師認為他很可靠吧。

「那麼，先從冠位決議的成員開始。」

「是。」

史賓點點頭，依序在筆記上寫下姓名。

首先是民主主義派。

特蘭貝利奧閣下。

巴爾耶雷塔閣下。

昨天透過梅爾文的介紹，與老師聚餐的兩人。

接著是貴族主義派。

尤利菲斯閣下。

艾寧姆斯菲亞閣下——的代理人奧嘉瑪麗。

然後是艾梅洛閣下II世。考慮到艾梅洛的傳統，老師似乎算是這個陣營的派閥。

「按照現狀，中立主義與巴露忒梅蘿不參加的話，十二家當中將有這五家與會。以冠位決議的出席率而言算是普通。不過，其中四家由君主本人出席則有些特殊嗎？」

「這是怎麼回事呢，老師？」

「就是指認真程度之高啊。」

老師回答我的問題。

「在這次的冠位決議上，特蘭貝利奧是認真要通過靈墓阿爾比恩的再開發計畫。正因為感受到對方有多認真，尤利菲斯閣下才會親自出席。如果像平常一樣派出代理人，會有因為地位的差距被對手輕易壓倒的風險。」

實際上，特蘭貝利奧閣下——麥格達納的領導特質……應該說那種不論好壞都能海納百川的宏大器量特別值得矚目。盧弗雷烏斯會對此抱著戒心也沒什麼好不可思議的。

「然後，中立主義決定連代理人也不派，應該是不想不慎遭到波及。認真程度越高，輕率的行動越可能引發連帶反應，得罪別人。如果貴族主義與民主主義相親相愛地互相殘殺那沒關係，要是他們動真格地想毀滅對方，最好保持距離……中立主義大概抱著這種想法吧。」

「原來如此……」

經過老師的歸納整理，我勉強理解了情況。原來不只出席會議，連缺席也有其意義，

貴族主義

尤利菲斯閣下
（盧弗雷烏斯）

奧嘉瑪麗

艾梅洛閣下Ⅱ世

對立

民主主義

特蘭貝利奧閣下
（麥格達納）

巴爾耶雷塔閣下
（依諾萊）

哈特雷斯的弟子們

卡爾格・伊斯雷德

阿希拉・密斯特拉斯

→ 祕骸解剖局

蓋謝爾茲・托爾曼

喬雷克・庫魯代斯

庫羅

→ 失蹤中

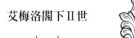

我不禁在奇怪之處感到佩服。

「在圖表加上哈特雷斯與他的五名弟子。雖然有三個人失蹤中。」

史賓再度書寫姓名。

先前在祕骸解剖局遇見的兩名哈特雷斯的弟子。

卡爾格·伊斯雷德。

阿希拉·密斯特拉斯。

還有失蹤中的弟子們。

蓋謝爾茲·托爾曼。

喬雷克·庫魯代斯。

然後——

「這一位……是最後一名弟子嗎？」

「沒錯，除了無所屬以外，他的其他經歷都查不出。只有名字，連姓氏都不明，經歷如此未知，考慮到其他成員的情況，他是前生還者這一點應該沒有錯。」

庫羅。

這是最後寫出的名字。根據橙子的說法，他是已經失蹤的哈特雷斯弟子之一。

「大致上就像這樣吧。」

「真不愧是狗狗！由我來畫的話，藝術早就爆炸了！」

「好了，你給我寫出別人看得懂的論文吧！把變化為何會這樣發生的理由確實地寫出來！明明讓人看不懂，夏爾單老師卻每次都說其中或許隱藏了驚天動地的發現，叫我翻譯你的論文，你站在我的立場想想啊！」

「既然如此，你可以當我的論文的共同作者啊！」

「絕對免談。話說，如果換成英雄史大戰的卡牌，就算有一百張你也一眼就能記住吧！」

史賓吐吐舌頭跟費拉特打鬧起來。老師無視他們兩個，仔細看著筆記。

他以食指敲打桌面。

「問題在於哈特雷斯的弟子失蹤的原因。」

「唔。連兄長也想像不到嗎？這是你擅長的Whydunit領域吧？」

「判斷的材料太少了。不過，如此頻繁地作為關鍵字出現，事情應該與靈墓阿爾比恩在某種形式上有關聯。」

無論冠位決議也好，哈特雷斯弟子們的背景也好，都多次觸及了阿爾比恩這個名稱。

正如老師所言，很難認定兩者為無關。

不過，憑我的腦袋一點也想像不到之間有什麼樣的關聯。

萊涅絲注視著老師，閉起一隻眼睛。

「眼下還有另一個謎團吧？哈特雷斯正在召集昔日的弟子？或者是——」

「——萊涅絲。」

老師呼喚她的名字，制止她說下去。

他的神情嚴肅，彷彿在說唯有這一點，他無論如何都無法認同。

老師迅速搖搖頭，繼續道：

「對於哈特雷斯失蹤的弟子，總之有必要再收集一次相關資訊吧。萊涅絲，不好意思，可以請妳回斯拉一趟，重新調查弟子們的消息嗎？」

「唉，我希望我的兄長能再多考慮一下該如何叫妹妹做事。那麼，兄長準備做些什麼？」

「雖然被學生們發現很麻煩，我也與妳同行吧。」

當老師這麼說，本來在打鬧的費拉特輕快地移動視線。

「哇！那可是件大事啊，教授！得趁現在想出隱身魔術才行！」

「你先去想個把嘴巴縫起來的魔術，免得自己太引人注意吧。」

「哦哦，這是個好點子！鎖上大野狼的嘴巴，不讓牠吃掉小紅帽！小精靈也會立刻面臨認同危機！咦，狗狗跟小精靈意外的像耶，例如那種滑溜溜的感覺之類的。」

「絕對不像！」

史賓極力反駁。

可是，我們未能按照計畫行動。

因為隔天一大早發現的案件，把老師請去了現場。

3

儘管匆忙地找我們過去，獲准出入的人只有我和老師而已。

萊涅絲等人於是按照預定計畫前往調查，我們兩人則走進解剖局的大門，像昨天一樣坐上電梯。

沒錯，地點在祕骸解剖局。

只是，一個熟悉的對象已經早一步在地下四十五樓的現場等著我們了。

「……咦？」

「菱里小姐。」

我眨眨眼，老師喚了對方的名字。

就算在地下四十五樓這種地方，她的姿態也依然不變。那身據說是日本民族服裝的振袖和服理所當然充滿光澤，宛如用夜色製成的烏黑秀髮彷彿正用寂靜將她周遭數公尺的空間隔離開來。

化野菱理優雅地推推眼鏡，嘴角浮現淺笑。

「由於這裡發生了凶殺案，我作為法政科代表會一同到場。」

試著想想，在第一次遇見她的案件中，她也處於類似的立場。這代表那正是法政科的工作吧？那是在只要稍有疏失就會輕易化為非法地帶的魔術世界，承擔起監視與刑事功能的機構。

當我這麼理解到，老師撇了撇嘴角。

「隨妳高興。」

「那麼，我就照辦了。」

菱理頷首。

很快就有職員帶著我們進入作為案發現場的研究室。

「……嗯！」

充斥在室內的臭味令我忍不住摀住鼻子。

老師也同樣摀住了嘴巴。也許是事先調查過，只有菱理的態度一如平常。

那是個寬敞的房間。

單看面積的話，這裡與入口大廳大小相仿，但此處裝設了各種用途不明的設備。以我膚淺的知識分不清那些是魔術器材還是科學器材，只是，那些延伸出大量電纜的裝置與破裂的吊艙，給人留下像是醫院設備的印象。

不過，那個念頭也只存在於我環顧房間前的幾秒鐘。

與其說這不像現實中的一幕……倒不如說，在現實與非現實混合在一起的意義上，眼前的情景在我至今目睹的場面中也很突出。

好幾頭怪物倒在極具研究所特色的金屬地板上。

其中有我們昨天看到的阿爾比恩嵌合獸，也有形體截然不同的怪物。有些是長著彎角的巨大甲蟲，有些是全身密密麻麻，覆著鋼鱗的大蜥蜴。

每一頭怪物都死了。

就連噴灑在地上的體液，顏色都各不相同。藍色與綠色還能理解，但我想像不到竟有白色的血液。後來老師談到，科學的人工血液好像也正在摸索白色血液的製法。如果知道神祕生物已經加以實現，科學家們會露出怎樣的表情呢？

「………」

老師微彎下腰。

怪物的身軀及研究室各處都留下了許多爪痕及看似被強酸溶解的痕跡。看樣子，這個地方發生過戰鬥。即使我和伊薇特聯手，光是要對付一頭都感到非常棘手了，而那種怪物在這裡被擊斃的數量，一眼望去就超過七頭。

找我們前來的理由位在這間研究室的最深處。

潑濺回來的血液當然呈現殷紅。其背後的牆壁與地板上，都以大得驚人的範圍沾滿血跡。

卡爾格就死在那裡。

不。

稱作曾經是卡爾格的物體更適合嗎？

屍體損壞的狀況太嚴重了。那不只是分屍的程度而已，簡直就像讓幼兒拿剪刀足足剪上一小時，隨心所欲地破壞布偶一般亂七八糟。雖然勉強找得出看似頭部的物體，但這樣就算想縫合身體部位應該也很困難。如果接受正式的警方解剖或許另當別論，但我不認為正規的司法管得到這個解剖局。

無論骨骼、血肉、內臟、脂肪或肌肉，一切統統攪拌在一塊兒。

「為什麼……用這種方式殺人……」

「……我不知道。」

老師搖搖頭。

我在至今的案子中目睹過各種屍體，可是，我第一次見到狀態如此悽慘的屍體。

就算如此，老師依然面不改色，僅僅輕咬下唇。

相對的，一旁的菱理用在門口待命的職員聽不見的音量呢喃：

「你認為是兄長下的手嗎？」

「除了他沒有別人了。無論多麼強大的魔術師，要面對這個數量的阿爾比恩怪物都困難無比。不過，若是那個使役者——偽裝者就做得到吧。」

「是呀。如果是她，不動用寶具也能辦到。」

菱理的嗓音帶著冷冷的緊張感。

她也曾在魔眼蒐集列車上目睹偽裝者戰鬥的樣子，知道即使不動用那可怕的寶具——據說借用了伊肯達戰車的魔天車輪（Hecatic Wheel），偽裝者也是令人畏懼的魔術師。

「即使魔術最終的作用本身相同，神話時代魔術師在術式與強度上也都截然不同。雖然許多阿爾比恩的怪物具備抗魔力，但若非相當高位的能力，對偽裝者的魔力應該不管用。」

「因為神話時代的魔術師和我們現代魔術師不同，很接近神祕本身。」

「沒錯。正因為如此，他們也沒必要以根源為目標。雖然對我們而言是無法觸及的遙遠真理，但在他們眼中，根源就近在身旁。」

老師這番話彷彿在談論相距好幾萬光年的星辰。

「在她眼中，我們懷抱的衝動或許才是個謎團。」

同時，菱理感慨的發言代表屬於法政科的她作為現代魔術師，也心懷追求根源的熱情——或是曾經心懷熱情嗎？

我記得卡爾格生前也和老師討論過那大義，這代表偽裝者與現代魔術師之間，就是相隔了那麼深的鴻溝吧。

「不論如何……」

菱理繼續道：

「這代表哈特雷斯博士在殺害弟子嗎？」

老師並未立刻回答。

不過，從他一瞬間繃緊的肩膀也能明顯看出，這個推測與老師的想像相符。

「那就是……萊涅絲小姐昨晚說到一半的事情嗎？」

「……對。」

老師點頭承認。

「對於魔術師而言，殺害弟子是一種禁忌。」

我認為對於這個人來說更是如此。他絕非不加區別地愛著任何一個學生，與熱血教師一詞相距甚遠。

可是——

「殺害弟子這種事在實例上並非完全絕跡，相反的，也有幾件殺害老師的例子。不過相較之下，比起殺害老師，殺害弟子被視為更嚴重的禁忌，因為那是違背魔術師本能的行為。」

沒錯，以前老師曾這麼說過。

魔術師會誓死守護弟子。

因為魔術師是寄望於下一代的生物。他們光靠自己這一代難以實現抵達根源的夙願，於是將心願託付給了子孫與弟子的世代。

啊，老師多半比任何人都更忠實於這種本能。

就算欠缺才能，他也比任何魔術師都更想好好地當個魔術師，那一定是因為他在許多學生身上看到了夢想。費拉特也好，史賓也好，露維雅與伊薇特還有其他許多學生也好，老師將夢想寄託於他們的未來。

「而且……為什麼與至今不同，只用這種方式殺害卡爾格？」

其他的弟子據說失蹤了。

就算哈特雷斯背地裡殺了他們，也能看出他在留意不讓犯行曝光。他有必要在這個地方用這麼高調的方式下手殺人嗎？

老師與菱理好像都沒有答案。

陷入沉默一會兒後，老師觀察著屍體開口：

「但是，我明白了幾件事。」

他這麼說。

「昨天，阿爾比恩的怪物在這裡脫逃並襲擊我們不是意外。」

話題突然回到我們的那場戰鬥，我很驚訝。

「……這是怎麼回事？」

「姑且不論透過什麼管道，卡爾格應該知道我們在魔眼蒐集列車上與偽裝者交過手。先不提戰鬥過程，他說不定還聽說了我們成功地擊退了她這個結果。」

話語掃過沾滿血跡的研究室地板。

「於是他利用了那頭怪物，拿牠當作與偽裝者戰鬥的判斷基準。如果怪物能抗衡曾跟偽裝者勢均力敵的我們，那應該也能對抗偽裝者。啊，難怪昨天才會乾脆地批准伊薇特進入解剖局，因為那麼做可以取得更接近魔眼蒐集列車時的資料……雖然實際上，這個基準似乎沒發揮作用。」

……那也是當然。

因為當時我們能夠擊退偽裝者，只不過是種種幸運重疊後的結果。覺醒寶石魔眼的代行者、奧嘉瑪麗的大魔術支援等等，只要少了任何一個因素，我們應該都無法站在這裡。

所以，讓我們光是防禦就耗盡全力的阿爾比恩的怪物，想必也被偽裝者輕易地屠戮殆盡了，使役者的戰鬥能力與人類就是有這樣的天壤之別。不過，如果是蒼崎橙子或那些令人畏懼的君主，情況或許不同……

「……不過，這麼說，卡爾格先生他……」

「他應該完全掌握了自己被哈特雷斯與偽裝者襲擊的可能性。」

我回望這麼斷言的老師。

那麼，卡爾格應該做好了孤身迎擊的準備了吧。他利用祕骸解剖局備齊怪物，打造戰鬥用的場地，卻還是落敗了嗎？

老師蹲下來，對屍體調查了一會兒後起身。

「而且案發現場的異常狀態也是。」

「異常狀態嗎？」

「對，這裡形成了密室吧？」

老師述說。

我當然知道密室的定義。在以前的案件中也出現過類似的情況。那代表凶手不可能進出——即不可能實行犯罪的現場。沒想到那個在大量推理小說中用過的詞彙，到了這裡會再度出現。

「此處是地下四十五樓，往返方法頂多只有方才的電梯。我們進來時使用的門禁感應卡證明，除了職員以外的人物要出入這裡極為困難。哪怕是哈特雷斯和偽裝者，也很難不被察覺地入侵這裡吧。」

「既然是魔術師，那不是可以瞬間移動之類的嗎？比方說穿牆什麼的。」

面對我的提問，老師搖搖頭。

「空間轉移幾乎是魔法的領域，身為神話時代魔術師的偽裝者搞不好辦得到。即使如此，這個地方也張設了牢固的結界，就算是她，要靠魔術入侵而不打破結界也是不可能的吧。穿牆也出於同樣的理由，會打破結界。」

我隱約理解了那個道理。

神話時代的理論超乎常規，卻並非完全相異。即使差異大得如同弓箭與槍枝，其目的同樣都是貫穿對手的身軀殺害對手。而既然貫穿了身軀，無論箭矢或子彈都會留下痕跡。

「……那到底是怎麼做的？」

「…………」

老師沒有馬上回答。

然後，他轉過身。

「我想請教幾個問題，沒關係嗎？」

「當然可以。」

「那麼……」職員點點頭，老師拋出開場白。

「為什麼找我過來？」

老師詢問。

「祕骸解剖局屬於鐘塔卻又不是鐘塔，就算有人死亡……不，不如說正因為發生了那麼嚴重的狀況，一般都會試圖只由組織內部解決問題才對。姑且不論法政科的菱里小姐，你們沒必要找身為君主的我過來。」

「這是卡爾格大人的命令。」

「……卡爾格先生？」

這不正是亡者的名字嗎？

「是的。他從以前起就交代我們，如果自己遭遇不測，就找艾梅洛II世過來。」

「等等，他是從什麼時候開始這樣交代？」

老師留意到對方奇妙的說法，挑起一邊眉毛。

於是，職員平靜地回答：

「大概是從兩個月前開始。」

「……老師。」

「嗯，這不合理。我和他可是昨天才初次碰面。」

確實沒錯。

這樣的話，代表卡爾格自許久以前起就開始注意老師了。當然，身為新上任的君主，老師的立場在各方面都很醒目。話雖如此，一般也不會特別交代別人，如果發生案件就要找他過來吧。

如果老師是貝克街的名偵探，那還另當別論，但事情並非這樣。老師的本行始終是君主與鐘塔的講師。

老師沉默不語了一會兒，然後環顧四周。

「……阿希拉．密斯特拉斯小姐怎麼樣了？」

「目前聯絡不上。」

「…………！」

我感到血流好像加速了幾成。

「失蹤的可能性呢？」

「有這種可能性。我們正在確認當中。」

我緊張的程度又再度拉高，彷彿壓上了肩頭。感覺在我們倉皇失措之際，對手的棋子接連走了好幾步。現在的我們甚至不知道戰況會因此惡化到什麼地步。

老師重新審視案發現場。

他特別仔細地注視卡爾格悽慘的屍體，這次改為詢問菱理：

「舉行過降靈了嗎？」

「當然舉行過了。很遺憾的是，死後訊息遭到封鎖。既然他是祕骸解剖局的重要人物，那也是當然的。否則，外人有可能從屍體取得重要的機密資訊。」

看來那是一種魔術師特有的安全防護鎖。

魔術乃不可為他人所知之物，特別是一個流派的奧義，就連對其他魔術師都要竭力隱藏。因此，越高位的魔術師越會在生前就採取這一類針對魔術的防禦措施，避免他人從屍體榨取蛛絲馬跡，這似乎極為尋常。

話雖如此，這個情況也可說是純粹地減少了可用的線索。

這時後，老師突然低語：

「……其他弟子並未對降靈魔術做封鎖？」

「你為何這麼認為呢？」

「只要沒有擔任某種要職，迷宮的生還者認真設下這種防衛措施的必要性本來就不高，畢竟去挑戰阿爾比恩的人，很多都是魔術使而非魔術師。他們的目的是使用魔術獲得成功，並非以魔術挑戰根源。」

我記得所謂魔術使，是指那些僅將魔術當成手段來運用的人。

魔術師是為了邁向根源付出所有犧牲，將目標寄託於——強加於下一代的生物。老師以前說過，正因為如此，魔術師與魔術使就算都使用魔術，卻被嚴格地加以區分。對於某種魔術師而言，魔術使這個詞彙甚至是最大的侮辱。

不過，從剛才那番話來看……

「……換言之，如果屍體被發現了，有可能會洩露訊息？」

所以哈特雷斯才將至今的受害者連同屍體一併處理掉？不，他們未必已經遇害，我卻怎麼也阻止不了自己那樣思考下去。

老師不顧弄髒衣服，伸手碰觸變得稀爛的屍體。雖說我這個守墓人也是如此，但老師不可思議地對這一類屍體及狀況有著免疫力。身為魔術師的人當然不會因為這一點獵奇場面就畏縮，不過我總覺得老師的情況跟這種魔術師的規範有些不同。

他好似以前曾目睹更悽慘萬分的東西，所以不在意這點程度的血腥畫面。

就在此時，老師的手指一瞬間頓住。

「怎麼了，艾梅洛II世？」

「不，沒什麼。」

他搖搖頭並收回手，拿起手帕擦拭。

菱理重新注視卡爾格的屍體，語帶嘆息地說：

「兄長的……學生嗎？」

「算是這樣。之前錯過詢問的時機了。對於妳而言，令兄——哈特雷斯是什麼樣的人？」

當老師發問，菱理微微皺起優美的眉宇。

「我與他的接觸並不多。雖說是養兄妹，但諾里奇本來就收養了很多這樣的孩子。」

以前我聽老師說過此事。

建立現代魔術科的貴族——現在的諾里奇卿，具有不可思議的美德。

據說他是鐘塔的長腿叔叔，他會毫不吝惜地援助看中的子弟，並將特別中意的對象收為養子。

聽說菱理與哈特雷斯都是像這樣被發掘，成為了養兄妹。

「不過，作為學部長，我覺得他經常與許多學生交談。」

這跟在這裡死亡的學生——卡爾格及阿希拉的證言吻合。

昔日的哈特雷斯，據說是愛護弟子的老師。

不過，那與如今像這樣殺害弟子的哈特雷斯，形象實在分歧太大。到底要拼上什麼樣的拼圖，才能填滿這道鴻溝？

老師在相隔幾秒後這麼問：

「菱里小姐，我想問個非常愚蠢的無禮問題……哈特雷斯博士不是魔術使吧？」

「對，當然不是。魔術使沒有道理被選為學部長。」

老師的問題讓菱里不解地歪頭。

那也是當然的。鐘塔是知識學府，就算哈特雷斯是個怪人，我也不認為其中有魔術使涉入的餘地。

「……原來如此……若是古老的家族，依冠位指定(Grand Order)而定則有可能，不過哈特雷斯也不符合這個方向。」

「你發現了什麼嗎？」

「不，我會發問只是要做個確認。如果能建立起某些假說，我再向妳報告。暫且就此先退──我們走，格蕾。」

老師突然轉身快步離開，我連忙向菱理與職員行了禮後跟上去。

4

在宅邸裡，好幾名女僕及僕從匆忙地來來往往。

因為即使對他們來說，這次的訪客也很特別。巴爾耶雷塔閣下的僕從都來自自古為他們服務的魔術師家系，但既然賓客是地位相當的君主，他們難免會感到緊張。

他們的主人坐在將藍天切割成圓形的窗邊品著葡萄酒。

「還不賴吧，麥格達納小弟弟？」

「希望妳別這麼稱呼我，依諾萊女士。」

特蘭貝利奧閣下——麥格達納悠然地展開雙臂說道。

他的動作還附帶了一個誇張的眨眼，依諾萊興趣缺缺地繼續道：

「靈墓阿爾比恩的再開發計畫談得夠多了，我也大概理解了你的底牌。儘管你應該還隱瞞著一兩件事，這方面我也沒資格評論別人。所以，作為巴爾耶雷塔，我會投票給你。」

「哈哈哈，不愧是巴爾耶雷塔閣下！感謝妳的寬宏大量。」

麥格達納快活地笑，轉向客房裡的另一個人。

「對我來說，我也很在意梅爾文的心情。畢竟依情況而定，將不得不對你的摯友略施懲罰。身為家族的首領，我也必須考慮到分家在這方面的心情吧。」

「韋佛當然是我的摯友。」

梅爾文斷然宣言。

他坐在不遠處的桌子旁，同樣喝著紅酒。

也許是已經理解他的吐血習慣，桌上放著幾條絲質手帕。他選擇喝紅酒，說不定也是為了不讓吐出的血太顯眼。兩位君主都並未觸及這一點，擺出魔術師有一兩個怪癖乃是理所當然的態度。

「不過，只要特蘭貝利奧本家下令，就算關係到摯友的身家財產，我也必須協助。」

「哦，真的嗎？」

依諾萊此時插話。

「對我來說無所謂。偶爾可以看到像你這種類型的人，也就是為了自己的興趣，不管將多少人拖下水也毫無罪惡感的類型。你是否覺得不就是本家，有必要的話，跟自己一塊兒自爆就算了？」

「不不，怎麼可能。」

梅爾文笑容滿面地說。他應付難關的方式與先前的麥格達納很相似，或許這就是特蘭貝利奧家的血統。

「對了，我可以問一個問題嗎？」

他面對麥格達納舉起手。

「閣下真的認為再開發計畫對於鐘塔來說是必要的嗎？」

「那是當然。」

麥格達納粗壯的脖子上下晃動。

「我們應該把抵達根源設為第一課題。既然把此目標設為第一課題，凡是有更有利的條件就不應妥協。作為生活在現代的魔術師，增加來自靈墓阿爾比恩的咒體供應量，是絕不可或缺的條件。」

麥格達納的聲音毫無疑問帶著非比尋常的熱情。

其中有大義。

其中有道義。

麥格達納具備了某種特質，足以讓人感受到那不單純是權力鬥爭的手段，而是身為眾多魔術師的統率者，他對自身的選擇抱著明確的驕傲與責任。

說不定那是歷史。

是難以活到區區百歲的人類本來得不到的境界。

不過，歷經漫長歲月的家系，偶爾會出現這種天生的「王者」。

麥格達納正是「王者」之一。

「無論如何，這是個大舞臺！我等也盡力享受樂趣吧！」

*

那座堡壘俯瞰泰晤士河的河岸。

從前為了備戰建造的堡壘，隨後作為軍械庫或銀行等等有了許多用途，最後化為囚禁身分高貴的貴族等人的監獄。正因為如此，在這座城堡中，也執行過王族等人的處決。民眾想像他們的遺憾和悲嘆，編織出各式各樣的傳說。

例如城堡裡有古老王妃的幽靈出沒，這裡飼養的渡鴉其實是被魔法改變了形貌的亞瑟王等等……諸如這類傳聞。

城堡名為倫敦塔。

此處成為這個城市數一數二的觀光勝地，目前正以清潔環境名義封閉中。不可思議的是，城堡內卻不見任何清潔工，只有一名老人正大步前進。

一頭雪白長髮梳理整齊，戴著眼鏡的老人。

尤利菲斯閣下——盧弗雷烏斯．挪薩雷．尤利菲斯。

他之所以定期拜訪倫敦塔，當然不是為了遊覽。

每當老人在封閉的城堡裡踏出一步，就產生一股彷彿正在吸納某些事物的奇特壓力。

若是特定的某一類魔術師，應該會感覺到老人在逐漸吸收無形的能量。

亦即，亡者的魔力。

這未必是亡者本身散發的魔力。

以亡者這個「概念」為核心，自土地的靈脈（Ley Line）滲出的大源（Mana）、大批觀光客無意識外洩的精氣，這些能量總括起來，在鐘塔被視為亡者的魔力。

作為降靈科的君主，盧弗雷烏斯藉由自古相傳的契約與政治交涉，確保了幾處回收這種魔力所需的土地。

徐緩的腳步在中央的白塔一帶停了下來。

「……讓妳久等了嗎……」

「不，我很少有機會來到這樣的觀光勝地。」

奧嘉瑪麗壓住銀髮，一隻腳向斜後方收起，行禮向老人致敬。

「事情有照你所希望的方向進展嗎？」

少女觀察盧弗雷烏斯的態度。

老人身上佩帶了許多寶石。

他的戒指與首飾都鑲著令人看了不禁雙眼圓睜的碩大寶石，但絲毫沒有留下粗俗的印象。不過，那些寶石有種強烈的的陰暗印象，與其說寶石裝點了老人，更該稱作那是亡者的陪葬品。

或許降靈科的君主就是這樣的存在。

凡是研究那方面的人應該就會瞬間看出每一顆寶石都是強力無比的魔術禮裝。剛剛所回收的龐大亡者魔力，也遠遠不及一顆寶石的力量。只靠身上的裝飾品，這名老人就相當於堅不可摧的要塞。

「……這個嘛。」

老人不置可否，僅僅瞇細眼眸。

他的雙眼彷彿埋沒在深深的皺紋中。

「到頭來……這種事情和領地爭奪一樣……取決於……特蘭貝利奧那傢伙……為這場會議找了多少理論依據……做了多少事前工作……」

老人的意思是，本質上就像戰爭在開戰前已分出勝負一般，這種會議的結果也在開始前就決定了。

「無論如何……我等必須時時維持秩序……維持這個魔術世界的秩序。」

在這名老人眼中，那是一段漫長到連去詢問都感到空虛的時光，是烙印在其靈魂上的事情。為了有朝一日解開賦予尤利菲斯家的課題，必須維持魔術世界的安寧。在漫長的、漫長的，漫長得近乎永久的時光中，他一直受到這樣的教誨。

老人露出泛著黃斑的牙齒嗤笑。

「這一代的艾梅洛閣下……對於這件事有多少了解呢……？」

5

與解剖局拉開足夠的距離之後，老師將藏在大衣口袋內的東西拿給我看。

「這個藏在卡爾格的屍體裡。」

「石頭？不，是金屬嗎？」

那是一片非常薄的小小金屬片。

在表面可以看到類似文字的刻痕。那一串我把臉龐湊上去才勉強能閱讀的淺淺文字似乎是字母與數字。

「昨晚戰鬥時，卡爾格製造了金屬牢籠。他大概用同樣的魔術在瀕死之際讓自己體內產生了寫著留言的金屬片，因為魔術在自己的體內最容易生效。」

原來如此，若是魔術師，也有可能像這樣在死前留下訊息嗎？

我不太清楚，但我記得簡化的魔術應該只需要一小節或一工程（Single Action）的詠唱——後者甚至不需詠唱，灌注魔力即可發動。卡爾格施展的魔術應該是這種類型之一。

「那串文字多半是留給我的。明明連降靈都做不好，卻會把屍體翻來翻去的魔術師頂多就只有我吧。」

「不過，這個……」

「……對，這是地址。」

英國的地址是以約七位數字的郵遞區號來表示每棟建築物的位置，我認為老師掌心的金屬片上的文字串就是郵遞區號。

我吞了口口水，詢問好奇之事。

「這件事不通知菱理小姐嗎？」

「法政科未必能夠信任。」

從至今的情況發展來思考，我深切地明白了老師這句話的意思。

既然涉及冠位決議的某個人物很可能與哈特雷斯串通，洩露情報太過危險了。

「還有，就算這是給我的留言，也不知道是出於什麼意思留下的。在最糟的情況下，過去後不只是哈特雷斯，還可能碰到偽裝者。既然無法忽略這種風險，就不能帶費拉特和史賓同行。」

那番話讓我感到有些意外。

「我還以為老師這一次對於把學生拖下水這件事，已經認命了呢。」

「怎麼可能。雖然有時候不可避免地會面臨死亡危機，但那始終是以結果來說。能夠避免的情況，我當然會避免。」

「不過，老師會帶我一起去吧。」

老師慢了半拍後，傷腦筋地皺起眉頭。

他吐出嘆息，侷促不安地說出口：

「沒有妳在場，我會死。」

老師之前也說過相同的話。

為什麼同一句話，現在卻讓我感到如此自豪？某種事物緩緩地滲入胸膛，感覺起來非常溫暖，當我用指尖碰觸，那化為強勁的跳動傳了回來。

右肩的固定裝置響起微微的笑聲。

「咿嘻嘻嘻，受人仰賴的感覺還不壞吧！」

「……對呀，還不壞。」

我的回答使亞德一瞬間陷入沉默，又立刻放聲大笑。

「對，沒錯！還不壞！當然還不壞！嘻嘻嘻，妳學會怎麼漂亮地回嘴啦，愛哭鬼格蕾！」

*

在瀰漫霉味的書庫裡，我將手機湊到耳邊。

「唔。果然打不通。」

我把手機從耳朵旁拿開，按下結束通話的按鍵。
興趣十足地探頭看了過來的費拉特不解地歪起頭。
「還沒聯絡上教授嗎？」
「很遺憾。」
我對費拉特的問題聳聳肩。
「畢竟解剖局秉持祕密主義。光是昨天他們允許伊薇特進出，我就感到很意外了。那裡的安全防護網也能因應電子訊號等等。追根就柢來說，在他們進入地下的期間，也不可能收到訊號。」
不過，我也猜不出電話打不通是解剖局導致，還是兄長覺得不方便接聽所以將手機關機了。
現代魔術科的市街——斯拉。
這裡是斯拉的書庫。
不過，這邊的書庫裡存放的不是學術用途的魔術書，而是現代魔術科雜亂無章的保存紀錄。像學生與講師的經歷、咒體的購買及消費帳簿，還有教室靈脈的活性紀錄等等，各種文件堆積在此處。
當然，這裡一般禁止出入。不過，我是艾梅洛派的下一任繼承人，當然起碼會帶著通行無阻的魔術鑰匙。

在這個前提下，我們行動起來依然偷偷摸摸的，這是在躲避為了搜尋停課中的兄長變得特別激進的學生群。一旦不小心被發現，「老師他怎麼了？」、「我看你們把他藏起來了吧？」之類的質問很可能會從四面八方湧上。

我們得將堆積的文件從頭到尾處理過，在三人＋一具平淡到極點的調查中，我漸漸得出一個結論。

「……果然有缺漏。」

我抬抬下巴，比向＋一具——亦即我的水銀女僕托利姆瑪鎢遞過來的計算結果。

「可是，我們全面調查過哈特雷斯了吧?之前也一樣，我和狗狗像炎之料理人般又扔又砸文件，把這座書庫統統找過了一遍吧！」

「嗯，雖然我不知道為什麼說是料理人卻要又扔又砸東西，但先不提遊戲的話題，你們調查的是哈特雷斯吧？」

我無視粉絲問深奧的話題，往下說：

「不過，弟子未必查過。要不是遇見那位蒼崎橙子，我們就連他們曾經是迷宮生還者的消息都不知道。」

畢竟紀錄遭到大量刪除，光是要查出弟子的名字都很費勁。

「得到那麼多訊息後，又增加了幾個調查方法。話說，在準確記錄事物的現代社會，要清除人類的痕跡十分困難，就算是在魔術師的世界也一樣。既然知道了弟子人數與他們後來的狀況，就有種種線索可以追查。」

「他們是一支五人隊伍，一人行蹤不明，兩人為無所屬魔術師，兩人進入了祕骸解剖局嗎？」

「就是那個。」

聽到史賓這麼指出，我小聲地打了個響指。畢竟被學生找到是很可怕的。

「大概在十幾年前，當時的生還者隊伍成為了哈特雷斯的弟子。鎖定那一段時期，從現代魔術科的帳簿上可以找到一些金額的落差。我原本以為那筆錢是諾里奇卿不入帳的資金，但若是那樣，那位老爺子應該會更明目張膽地到處花錢。」

「……那該不會是阿爾比恩的走私收入？」

當時，在我們與特蘭貝利奧閣下的對話中出現的事項。

假使走私的開端就在現代魔術科——

（——嗯，要徹底完蛋啊！）

我真想當場轉頭就走，假裝沒看到。這就像前任社長的貪汙。不管從哪個方向怎麼切入，看來都只會冒出對我們不利的資料。

正因為是弱點，不調查便會造成更嚴重的致命傷，這也是事實。

「嗯，我希望從這個部分更進一步查明時期、咒體與金錢的流向。姑且不論詳細理論的整合，費拉特你的直覺也很準吧？讓我期待一下你與擅長處理數字的史賓搭檔的表現吧。」

「……原來～如此！我清楚了！那麼狗狗，這週就用復活節彩蛋來融合吧！」

正當費拉特擺出白費力氣的勝利動作時，史賓忽然看向天窗。

「嗯？怎麼了，狗狗？」

「……我總覺得剛剛外面有種怪味。」

他抽抽鼻翼。

「是我多心了嗎？」

就像沒逮著獵物的獵犬般，少年不高興地皺起眉頭。

*

「——哎呀，好險。」

靠著電燈的女子小聲地說。

一位一身職場女強人打扮的東方女子。

沒多久後，宛如蜉蝣的形體降落到她手邊。

那是隻機關蜉蝣。

其身軀好像是以水晶或某種材質製作，整體呈現透明澄澈。折疊的翅膀帶著微光，充滿詭祕之美。在連兒童也能以掌心握實的小巧尺寸內部，細線、發條與齒輪以完美的平衡組合在一塊兒。

如果得知這一切都是透過水晶片、摩擦與極少的魔力相互作用所完成，就連高位魔術師都會為之嫉妒與驚愕。這就是這麼一件展現了高超技巧的禮裝。

然而——

無論哪一位行人對那隻水晶蜉蝣都沒有反應。首先，他們看不到，那是阻礙認知魔術的效果。

「我應該徹底做到了無聲無味才對。唔，這代表他聞的不是氣味吧？真是的，那裡的學生真難對付，真想找他們抱怨，叫他們別讓我太愉快。」

蒼崎橙子愉快地揚起嘴角。

在那間工坊分別後，她就暗中以使魔跟蹤他們。她知道用獸性魔術的少年有多敏銳，自認已經拉開足夠的距離，不過，在進入斯拉的結界內時，似乎還是令他產生了一絲異樣感。

「雖然按照常規做法，這時候該暫時撤退……」

她抬起目光。

現代魔術科的市街——斯拉的街道就在前方。

「話雖如此，這裡果然是開端。距離冠位決議也沒多少時間了。雖然對艾梅洛II世過意不去，但也讓我多調查一會兒吧。」

女子眸中帶著看不出真實想法的鋒利光芒，邁步前行。

手工製作的水晶蜉蝣也沐浴著冬季魔都的陽光，毫無聲響地起飛。

6

我與老師按照卡爾格金屬片上的指示，搭乘計程車。

從倫敦北邊的攝政公園更往北走。

我們在貝爾塞斯公園附近下車，從那裡開始徒步前進。

到了這一帶，環境的氣氛與其說是首都的一部分，氛圍更像是沉靜的郊外住宅區。紅磚砌成的樓房一戶接一戶相連，散發的風情就像循規蹈矩地排著隊的俄羅斯娃娃。

冬季寂靜的陽光彷彿停駐在此處。

這片景色一定長達數十年皆保持如此吧。迎春花彎曲的枝椏從周邊住宅的圍牆內伸展出來，用可愛的黃花染上色彩，這想必也是每年都很熟悉的景象吧。

「…………」

老師沉默不語。

他毫不猶豫地快步往前走。

磚造的房屋與圍牆、彎垂枝頭的花朵以及冬季的陽光。

我們在那好像永遠不會改變的夾縫間沿路前進，我在不久後察覺路上行人變少了。

這與昨天尤利菲斯閣下出現時的情況不一樣。人影並非不自然地從世界上消失——跟我們所在之處發生偏移的當時不同，是一個一個極為自然地減少。

「老師。」

「……這是某種結界。」

老師呢喃。

「只是，沒有任何魔力在運作，是僅僅訴諸於人類心理的現代魔術結界。原來如此，不愧是上一代現代魔術科學部長。儘管與我在德魯伊街設下的結界在本質上相同，術式卻相當洗練。」

「這是怎麼回事呢？」

在答覆之前，老師從雪茄盒裡拿出雪茄點火。

一聞到那股菸味，我感到腦海中的某個地方倏然變得輕鬆起來。不，我好像事到如今才發現，原來自己在不知不覺間已經這麼疲倦。

「我以前在課堂上也做過。總之，這是心情上的問題。」

老師叼著雪茄開口。

「這對魔術師是有效的吧。由於沒使用魔力，被高位的魔術師發覺的可能性也很低。反過來說，區區普通人也有可能突破結界，但一般人首先可沒有刻意去跨越這種心理結界的知識。」

換言之，這代表不是老師這種特殊人物，就無法通過嗎？

然而，奇異的恐懼爬上了背脊。

那真的是哈特雷斯的疏忽嗎？我不由得這麼心想。明明知道老師與他為敵，他還會犯這樣的錯誤嗎？

大約幾分鐘後，我們在許多磚造建築重重疊疊的小徑深處找到了一間老舊的小木屋。

「這就是卡爾格留下的地址？」

打開門，門後是小屋平凡無奇的內部。

室內擺放著骯髒的沙發、桌子與衣櫃，早就停刊的八卦雜誌雜亂無章地丟在四周。

不過，地板上有一道醒目的樓梯通往地下。

我和老師彼此頷首，走下樓梯。

黑暗中傳來濃郁的酒香。

「……看樣子，這個地方是用酒窖改造的。」

如果史賓人在附近，很可能會當場醉倒。

我感到濃郁的葡萄芳香再度使腦海蒙上一層薄霧，同時謹慎地往前走。用石塊鋪成的樓梯不僅滑溜溜的，又處處磨損欠缺，感覺一不小心就會摔跤。

樓梯意外的長。

「我有點明白了。」

老師在半途低語。

「上次的——試圖重現亞瑟王的墳墓，是對格蕾妳而言的迷宮。」

他當初確實這樣說過。

老師講授迷宮的歷史，談到迷宮和迷陣是不同的云云。

「那麼，這裡則是對我而言的迷宮。」

老師彷彿在忍受著什麼般咬牙說道。

「哈特雷斯正是另一個我。」

另一個……老師。

老師說過，迷宮裡本來只有單一路線，相當於漸漸潛入自己的內在。然後，怪物——另一個自己會擋在迷宮盡頭。

「老師你不會傷害學生。」

「正因為如此。」

老師低沉地說：

「我曾經想過，那麼做是不是更好。」

我心裡一跳。

出自老師之口，與老師相距太遠的臺詞。然而，那一番話卻讓我覺得那詞句確實來自於這個人的心中。

「如果想自己攀登至高處，原本沒有必要鍛鍊學生。比起幫助那些朝向遙遠高處成長的才能，為了超越那些才能而努力，才是我應該奉獻一切去做的不是嗎？我是否一開始就走錯了路，哪怕拋棄現有的一切，也應該返回正道？

啊啊，我原本應該培育的是維爾威特家的魔術，為此我非得拿回魔術刻印不可。韋佛．維爾威特，你若真的想抬頭挺胸地當個魔術師，哪怕從現在起也該拋棄那毫無價值的教師面具，找回冷酷殘忍的魔術師本質。那樣的幻聽，我記不清聽過多少次了。」

——「只因為是天才，就輕易地飛向高處，在我只能想像的天空自由地到處飛翔。」

——「你們真的很卑鄙。」

記得是在剝離城阿德拉從老師口中聽到那些話的嗎？

老師嫉妒只憑一點建議就讓魔術躍升好幾階的露維雅潔莉塔．艾蒂菲爾特，吐露心聲。雖然既卑微又自卑，那一刻，我卻覺得自己觸及了老師的核心。

而且，還有另一件事。

——「我還保管了維爾威特家的魔術刻印。」

——「那是世界上唯一與韋佛．維爾威特對應的魔術刻印。在不讓魔術師背叛的這層意思上，那是最棒的抵押品，因為那麼做等於從一開始就奪走他的生存意義。」

那是梅爾文告訴我的話。

作為抵押品，他保管了老師的——韋佛・維爾威特的魔術刻印。

魔術刻印大概就像是傳承給下一代的筆記吧。因此，如今的老師處於被人奪走那本筆記的狀態。沒有用來記錄自身魔術的刻印（筆記）而徒勞虛度的歲月，使得作為魔術師太過純粹的老師遭受了多大的痛苦呢？

「……我不認為老師毫無價值。」

「謝謝。」

我們走完了樓梯。

我更加謹慎地再度打開門，當門板完全打開就立刻迅速鑽進去，做好隨時可以展開亞德的準備，觀察四周。

裡面空無一人。

空間內擺著一些酒桶，附近的地板上滾落著看來這幾天才剛打開的酒瓶。

在酒瓶後方除了燒瓶與試管，還有奇異的器具。按照幾何學扭曲連結的金屬天秤、銀質五芒星、依七大行星設計的合金製鐘、顯然不可能是現有生物的標本、毛茸茸的乾燥物……都擱在那裡不管。

我直覺地領悟到那是魔術的實驗用具。

「……難道說，這是哈特雷斯的工坊？」

老師這麼呢喃，舉起雪茄。

雪茄前端的火星轉瞬間大幅竄升，映照出掛在空間深處的牆面上，由大量紙張和細繩所構成的複雜形狀。

「親和圖……」

大約半個月前，在我的故鄉也出現過這種東西。

在哈特雷斯同樣居住過的小屋裡，我們發現了這種由紙片與細繩組成的圖形。結果，透過解讀那個術式，老師解決了與阿特拉斯七大兵器相關的那個案件。

在親和圖旁還貼著羊皮紙的地圖。

在那以斜角描繪倫敦的構圖上，有一頭幾乎要吞食整個星球的巨龍正要潛入更深處。連我也能理解這多半是表現靈墓阿爾比恩的地圖。

「……這次他是故意為之吧？」

老師低語。

「他應該有足夠的時間處理掉這些，以免我們發現……這代表他特意將東西留在了這裡。他在對我說：『要是你解得開，那就解解看。』」

會是這樣嗎？我心想。

要是你解得開，那就解解看，老師這麼說。不過，我總覺得其中暗藏了更為不同的意圖。

舉例來說……

……哈特雷斯彷彿在說：「一旦解開你就完了。」

「等等，既然他留下那麼清楚的訊息，解讀起來不會太麻煩。」

老師面向親和圖，從懷中抽出筆記本與鋼筆。

——我覺得。

那個舉動看來就像是要融入某個人大腦中的行為，這真的是種錯覺嗎？

＊

「……這應該沒有發現Whydunit的樂趣可言吧。」

她手持酒瓶開口。

那是個半滿的兩夸脫大容量酒瓶，她已經喝光了三瓶，但除了臉上微泛紅暈之外沒有變化，看來酒量非常驚人。與其說那是因為她是使役者，不如說這名女子的酒量大概從生前就是那麼好……從她那陶醉的眼眸能夠窺見這種氣息。

她揮動柔軟的手指，指向自己的主人。

「畢竟，對於那個陰沉的君主而言，不管怎樣凶手都是你，這樣可無從上演推理劇啊。」

「世界在妳現界時賦予的知識中沒有倒敘法嗎？那是在《神探可倫坡》等作品中很著名的手法。」

「這種事情無關緊要。我連《伊利亞德》也不喜歡，我有酒就夠了。」

偽裝者再度仰頭大灌葡萄酒，這麼說道。

「不過，你很像那個啊。你就像在現代叫那什麼機器的玩意兒一樣。」

偽裝者的話使得哈特雷斯反問：

「機器嗎？」

「沒有內在，沒有夢想。然而，在輸入應當實現的目的後，就朝著達成目的需要的最適切解答邁進。這樣很難稱作有人性吧？」

雖然這番評論要說過分是很過分，但哈特雷斯面不改色。

「妳有個令妳感到不快的主人嗎？」

「不，老實說，和你相處起來很自在。」

女子歪歪嘴角，猙獰地笑了。

她含入一口紅酒，濡溼的唇瓣越發妖豔。古代圍繞在餐桌旁的戰士們也見過她的那抹微笑嗎？

「儘管吾王或許會鬧彆扭，我也是按照需求量身打造的人類。嗯，到了現在，應該說曾經是人類嗎？」

她的苦笑因為摻了鄉愁而加深。

由國王之母奧林匹亞絲量身打造的人類。為了守護註定成為霸者的伊肯達不受一切詛咒及災厄侵襲，而安排的兩個人。

一個成為將軍。

一個成為魔術師。

不過，不同於當將軍的兄長，身為魔術師的她原本是離英靈極遙遠的存在。就連赫費斯提翁這個名字，也只是偶爾向兄長借用的幻象。

正因為如此，世界對她而言很耀眼。

征服王伊肯達不用多說，集結在他麾下的諸多英雄豪傑全都美麗得教人難以直視。

「對，他們太耀眼了。要與我當夥伴，有些太過傑出了。」

偽裝者傾倒葡萄酒瓶灌酒，追述過往。

「所以，像你這種程度的幽暗剛剛好。明明早已死去，我卻覺得這是第一次有人告訴我可以自由了，而且酒也變得好喝多了。」

「很奇怪呢。」

「是很奇怪。」

偽裝者也承認道。

「不過，像那種程度的關係，就算破裂了也不必懊悔吧。」

這麼說等於承認她現在感到懊悔。

她一度宣誓效忠國王，但那位國王在死前留下「由最強的人統治帝國」這種遺言，導致繼業者戰爭爆發。往昔的夢想與憧憬破碎，曾經信賴的將軍殺害曾以性命相託的同伴，就連打造她的國王之母奧林匹亞絲也被捲入戰爭中，反覆的背叛不斷上演，空留那悲愴的結果記錄在歷史上。

夢想的盡頭。

過於悽慘地碎成片片的回憶。

在她身旁，主人的紅髮正隨強風搖曳。

只有那色澤與她昔日的君王（伊肯達）相像。當然，比較臨時的主人與曾獻上靈魂的君王本身就很愚蠢，但她漫無邊際地冒出了這種連想也是事實。

為什麼呢？

這兩個人明明沒有任何相似之處。

「怎麼了？」

當主人回頭詢問，偽裝者不由得別開目光。

「沒什麼。你還不是抽到了奇怪的使役者。」

「怎麼會。對我而言，非得是妳不可。比起這個，妳意外的願意老實聽從我的命令更讓我驚訝。」

「那種想法也很奇怪吧。」

偽裝者回應。

「我是使役者，是為遵從主人受到召喚之物，而且雙方應當達成的願望也一致。那麼，我接受你的命令即理所當然。」

「在過去的聖杯戰爭中，情況絕非如此。」

「就算你談起我不熟悉的戰爭，我也沒輒啊。」

她搖搖頭。

據說在遠東舉行過幾次那個儀式。

七騎英靈和七名主人，為追求能實現任何願望的聖杯而互相廝殺的野蠻儀式。

現在的她，是利用那個儀式創造出的臨時存在。

臨時的英靈。

臨時的靈基。

臨時的職階（容器）。

不管怎樣，都是不正規的。她覺得正因為如此，所以才適合自己。不是像其他效命於

伊肯達的士兵們那樣——名留歷史的英雄，甚至不是反英雄，這很適合就連名字也沒有的腐朽遺骸。

「在冬木的聖杯戰爭又召喚了新的使役者。」

「你感覺得到？」

「因為靈脈相連，我隱約感覺得到。再召喚一兩騎後，冬木的第五次聖杯戰爭就會展開。那麼一來，可不知道什麼時候會結束。」

「那動作要快了，他差不多也到了解開最初的Whydunit的時候。」

然後，哈特雷斯忽然問起另一件事。

「妳討厭艾梅洛II世嗎？」

「對，我討厭他。那種臉色慘白、光說不練的傢伙最好被書本壓死。自從被召喚之後，我一直對於未能在那輛列車上殺掉他感到羞愧。」

「這也無可奈何。不過，魔眼蒐集列車之行很有意義。」

哈特雷斯露出微笑開口。

「拜此所賜，我理解了他。我知道了他是以什麼方式來看待事物；以什麼方式注視魔術；以什麼方式觀察人。我領悟到他鐘愛什麼樣的概念；依賴什麼樣的存在方式；渴望什麼樣的夢想。同樣，他也理解了我吧。他應該會查出一兩個Whydunit，不過，如果再解讀下去……他將在那裡陷入困境。」

「哈，真想看他痛苦的臉色。來，到了。」

偽裝者揚起下巴。

指向他們所在之處的下方。

「真令人懷念。雖然這麼說，但我在前陣子潛入時才來過。不過，我從未以這種角度俯瞰過這裡。」

哈特雷斯說到此處這麼補充：

「我鍾愛的斯拉。」

沒錯。

哈特雷斯與偽裝者正在俯瞰鐘塔第十二科——現代魔術科只由一兩條街道構成的樸實大學城。

他們位於半空中。

當然，他們乘坐著她的寶具。

勇猛的戰車由骨龍牽引。

每當骨龍揚蹄踩踏虛空，就有魔力的紫色電光掠過，撼動世界。已自現實中消失的魔力脈動，唯獨此刻於蒼穹中迴盪著。

「拜託妳了，偽裝者。」

「包在我身上，主人。」

將酒瓶扔向腳邊，偽裝者歡喜地笑了。

面對新戰鬥的亢奮，使她的靈核（心臟）強而有力地搏動。

「有一件事，我要向你道謝。」

「嗯？什麼事？」

「你給了我戰場和意義。感謝你，主人。」

說到這裡，她高聲吶喊。

「我名叫赫費斯提翁！」

天大的謊言。

為了使用這輛戰車而編造的虛假話語。

身為偽裝者的她甚至連寶具解放真名時都無法說出真相。不論什麼樣的英靈，在展開相當於自身本質的寶具時，應該都抱著一抹自豪，她卻只擁有用來守護主人的虛假。

「史上最偉大的征服王，伊肯達的第一心腹是也！」

又一個謊言。

那也是兄長的榮耀。

沒有一個是真的。她並不擁有。

不過唯有此刻，為了新戰鬥燃起的火焰在她胸中燃燒。

配合內在的烈火，戰車的魔力倍增。當偽裝者握住以魔術編織的韁繩，魔力的膨脹速度變得更加猛烈。啊啊，凶猛的戰車開始朝向太陽衝刺，接著描繪出一道弧線，徹底吞食漂浮在西風中的大源，如字面意思般化為彗星。

衝向眼前的魔術市街——斯拉！

「奔馳吧，魔天車輪！」

＊

經過一陣子後，老師發出沉吟。

這是他閱讀大量文件，持續在筆記本上振筆疾書的結果。

「這裡列出的全是封印指定的術式……」

「封印指定……？」

我記得那是一種鐘塔的古老制度，據說蒼崎橙子以前就遭受過指定。

有些只限一代的魔術無法透過單純的學問和鑽研修得，據說，由於珍惜那些魔術的保有者，協會會親自發出命令書，決定永久保存他們。

遭受封印指定對魔術師而言似乎是最大的榮譽，亦是最大的災難。

「文件角落蓋著祕儀裁示局的圖徽，那個設施也在靈墓阿爾比恩內部。」

老師的食指在文件上游移，停在了論文作者的名字上。

「術式的發明者是……Ｅｍｉｙａ。」

「老師？」

他不自然的態度讓我發出呼喚，老師再度複誦同一個名字。

「竟然是……衛宮……？」

「你聽過那個名字嗎？」

「他是第四次聖杯戰爭的參加者之一。」

「………！」

沒想到那樣的名字居然出現在了這種地方，我屏住呼吸。

「無論如何，就快解開了。主要的術式本身酷似於在妳故鄉的術式，多半是那個的應用版吧，解讀起來難度不高。」

老師的鋼筆與紙張摩擦的聲響持續在工坊裡響起。

之前老師在哈特雷斯的小屋解體術式時借助了托利姆瑪鎢的幫助，不過也許因為基底為一度解開過的術式，或是參考資料比上次來得完備，老師這次似乎不需要輔助。

但是，短短幾分鐘後，他發出出乎意料的聲音。

「怎麼會……」

「老師？」

他握著鋼筆的手陣陣顫抖。

細長的手指彷彿馬上就要如玻璃般破碎。

「你解開了……嗎？」

他解體了哈特雷斯的術式嗎？

不過，若是這樣的話，老師為何露出這般絕望的神情？老師緊握住手邊的文件直到指甲都刺進紙裡，而他彷彿沒發現這件事般，全身都在微微顫抖。

「怎麼會……為什麼……為什麼要做這種事……」

他發出呻吟。

簡直就像失去光明的畫家。

或者是失去天父恩典的救世主。

我的神！我的神！為什麼離棄我？（Eli, Eli, lama sabachthani）

「不……唯有這一點我明白……哈特雷斯是……為了促使我解開這個術式，才故意留下資料……因為他預測這麼一來，我將再也無法妨礙他……」

我無法呼吸。

某種徹底讓人無計可施的事物盤踞在我的胸口。最初產生的不好預感猜個正著——那種坐立難安的感覺與更加強烈的恐懼，彷彿正慢慢地侵蝕著內臟。

「這樣的話……我……該如何是好……」

「老師，到底是怎麼了？」

我第一次看到這麼虛弱無力的老師。

即使是他在被偽裝者的寶具打成重傷昏迷時，都沒有那麼脆弱。無論嘴上怎麼說喪氣話，老師總是抱著挑戰心態。面對完全不是對手的強敵，他甚至會展現挑釁的態度。

可是，唯獨此刻——

「喂喂，怎樣了啊！你那顆慘白的腦子終於在魔術裡浸泡過頭，發瘋了嗎！」

就連固定在右肩處的亞德都似乎感到了不安，向老師發話。

就算如此，老師也僅是茫然注視文件。

他喃喃低語：

「這是……利用召喚對象，讓屬意的靈基得以成立的術式。沒錯，運用叫偽裝者的影子，在這個現實中確立真正的英靈。這並非不可能。怎麼不可能為不可能。我們親眼看過的。正因為如此，那些人才在格蕾的故鄉分別模仿亞瑟王的肉體、精神與靈魂，試圖重現真正的亞瑟王本身不是嗎……」

正是如此。

我的身體正是證據。

某個試圖再度喚回亞瑟王的家族虛幻的夢想結晶。我們已經無法否定那種術式有可能成立。

啊啊，所以。

對我來說，老師的下一句話也正是惡夢。

「哈特雷斯與偽裝者……企圖召喚真正的英靈……征服王伊肯達……」

後記

——那宛如星星的密談。

每一個夜晚，用人無法得知的言語交談。

每一個清晨，躲進人無法看見的領域。

收獲的果實，是我等全數化為白骨的夢想盡頭嗎？

讓大家久等了。

《艾梅洛閣下II世事件簿》最終章〈冠位決議〉終於開始了。

在副標題也有列出來，從本作決定系列化的階段起，我就構思最後要以君主們的會議當主題。因為作中透過各種角色與設定談論過，鐘塔這個舞臺對於魔術師們而言是鑽研自身學術的象牙塔，同時也是應該用陰暗殘忍來形容，充滿權謀術數的宮廷。

＊

在本篇中，若說艾梅洛II世展現了鐘塔的學術層面，那麼展現這種陰謀層面的角色則是萊涅絲吧。不過，如果總有一天不寫出他們與圍繞身旁的君主之間激烈的論戰與綿密的疏通工作，就不算寫出了鐘塔——而且要寫的話，我認為放在等各位讀者充分熟悉作中角色與舞臺後的最終章，是個合適的機會。

因為陰謀本身即是複雜的魔術儀式，是包含了各種Whydunit的案件。作為以魔術與推理為主題的《艾梅洛閣下II世事件簿》的終曲，再也沒有更好的題材了。

我首次選擇了倫敦本身當作舞臺也是出於這個理由。我認為，古都的氛圍一定會把這最後一幕妝點得更加充滿魅力。

除了會議，還有另一個題材。從系列初期就決定使用的舞臺裝置，長期以來僅略為被提及了存在的鐘塔地下城——靈墓阿爾比恩，這次大幅接近了其核心。

格蕾這次的反應，藍本來自於奈須先生透露地下城設定時我自己的反應。不，再怎麼說我也想像不到會是那種東西吧！沒想到跟FGO第四章出現的那個不同……

＊

新登場的君主們。

以及即使尚未現身，但存在本身就有可能化為陰謀關鍵的人物。

掌握案件因果的哈特雷斯與偽裝者。

還有與這次案件息息相關的哈特雷斯博士的弟子們。

許多想法相互交錯，環繞艾梅洛Ⅱ世與其助手展開的故事終於繞過最後一個彎道，接下來將持續加速奔向結局。他們遭遇的謎團和魔術的黑暗將以什麼形式解體，給予兩人什麼樣的結局呢？

敬請期待。

＊

當這本書出版時，漫畫版《艾梅洛閣下Ⅱ世事件簿》應該也發售至第二集了（註：此指日版）。東冬老師筆下美麗無比的漫畫版，讓我每次看到都會大吃一驚。漫畫與TYPE-MOON BOOKS不同，我想在一般書店也買得到，請大家務必買來看看。

最後，為最終章繪製了相稱的華麗插畫的坂本みねぢ老師、負責考證工作，同意我在最終章前堅持想到倫敦取材的請求，陪我同行的三輪清宗先生、在百忙之中協助檢查原稿

的奈須きのこ先生、OKGS先生等TYPE-MOON全體工作人員，我謹在此致上謝意。

最終章下集，也就是最後一集，預定於這個冬天推出（註：此指日版）。

但願大家陪我一起走到劇終時刻。

二〇一八年六月

記於遊玩《底特律：變人》時

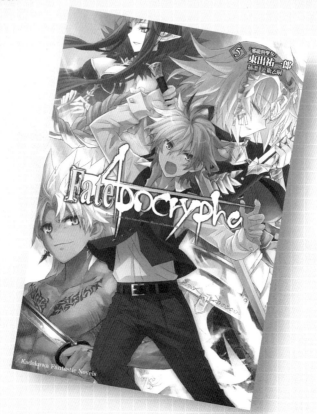

國家圖書館出版品預行編目資料

艾梅洛閣下II世事件簿/三田誠原作 ; K.K.譯
. -- 初版. -- 臺北市 : 臺灣角川股份有限公司,
2021.03-
冊 ; 公分. -- (Kadokawa fantastic novels)
譯自 : ロード.エルメロイII世の事件簿
ISBN 978-986-524-279-4(第8冊 : 平裝)

861.57 110000940

Kadokawa
Fantastic
Novels

艾梅洛閣下Ⅱ世事件簿 8

（原著名：ロード・エルメロイⅡ世の事件簿 8）

2021年3月10日 初版第1刷發行
2022年3月18日 初版第2刷發行

原　作：三田誠
插　畫：坂本みねぢ
譯　者：K.K.

發行人：岩崎剛人
總編輯：蔡佩芬
編　輯：蘇涵
美術設計：宋芳茹
印　務：李明修（主任）、張加恩（主任）、張凱棋

發行所：台灣角川股份有限公司
地　址：104台北市中山區松江路223號3樓
電　話：（02）2515-3000
傳　真：（02）2515-0033
網　址：www.kadokawa.com.tw
劃撥帳戶：台灣角川股份有限公司
劃撥帳號：19487412
法律顧問：有澤法律事務所
製　版：尚騰印刷事業有限公司
ISBN：978-986-524-279-4